«Als Ende der Trilogie gedacht, gerät die soeben erschienene Sammlung ‹Wiedergeburt› zum Sahnehäubchen.»

Die Presse

«Tatsächlich beherrscht Houellebecq wie kaum ein anderer die Kunst, das am schwersten Fassbare, die Gegenwart, in ihren Nuancen zu beschreiben.»

Elke Heidenreich

Michel Houellebecq wurde 1958 in La Réunion geboren und gilt als einer der umstrittensten und wichtigsten Autoren seines Heimatlandes. Er ist Preisträger des angesehenen Grand Prix des Lettres, des Prix Novembre und des Prix de Flore. International bekannt wurde er mit seinen drei Romanen «Ausweitung der Kampfzone» (rororo 22730), «Elementarteilchen» und «Plattform» (rororo 23395). Außerdem lieferbar sind die Erzählung «Lanzarote» (rororo 23644), der Essayband «Die Welt als Supermarkt» (rororo 22849) und die beiden zweisprachigen Gedichtbände «Suche nach Glück» (rororo 23172) und «Der Sinn des Kampfes» (rororo 23171). Michel Houellebecq lebt heute in Irland, in der Grafschaft Cork.

Vu d'un compartiment de train, la campagne.
Une purée de vert. Une soupe de vert.
Avec tous ces détails si foncièrement inutiles (arbres, etc.) qui surnagent, justement comme des grumeaux dans la soupe.
Tout cela donne envie de vomir.

Qu'il est loin, l'émerveillement des années d'enfance!
l'émerveillement de découvrir le paysage filant par la fenêtre ...

Une vache qui en saute une autre ... Décidément, ces créatures ne doutent de rien!

Ridicule de la voisine d'en face.
La ligne de ses cils forme un oblique chinois, et sa bouche une ligne semblable, rétractée vers le bas, méchamment.
Je suis sûr qu'elle m'arracherait les yeux avec plaisir.

Cesser de la regarder. Peut-être est-elle dangereuse ...?

Von einem Zugabteil aus gesehen, das Land.
Ein Püree aus Grün. Eine Suppe aus Grün.
Mit all diesen so gründlich überflüssigen Details (Bäumen usw.),
die obenauf treiben, genau wie Klümpchen in der
Suppe.
All das macht Lust sich zu erbrechen.

Wie fern es ist, das Staunen der Kindheit!
das Staunen, die Landschaft zu entdecken, die hinter dem
Fenster vorbeisaust …

Eine Kuh bespringt eine andere … Wahrhaftig,
diese Geschöpfe überschätzen sich!

Lächerlich die Frau, die gegenübersitzt.
Die Linie ihrer Augenbrauen bildet einen chinesischen Bogen, und ihr
Mund eine ähnliche Linie, nach unten geneigt,
bösartig.
Ich bin sicher, sie würde mir mit Vergnügen die Augen auskratzen.

Sie nicht weiter betrachten. Vielleicht ist sie gefährlich …?

Les lampes

Les lampes disposées en rampe centrale au plafond de la rame de TGV ressemblaient aux pas d'un animal géométrique – un animal créé pour éclairer l'homme.
Les pattes de l'animal étaient des rectangles aux coins légèrement arrondis ; elles s'espaçaient avec régularité, comme des traces. De temps à autre une forme ronde s'intercalait entre les traces de pas – comme si l'animal, telle une mouche géante, avait irrégulièrement apposé sa trompe sur le plafond.

De tout cela émanait, il faut bien le dire, une vie assez inquiétante.

Die in einer Reihe mittig an der Waggondecke im Hochgeschwindigkeitszug angebrachten Lampen sahen aus wie die Tritte eines geometrischen Tieres – eines Tieres, geschaffen, um dem Menschen Licht zu spenden.
Die Pfoten dieses Tieres waren leicht abgerundete Rechtecke; sie folgten einander regelmäßig, wie Spuren. Von Zeit zu Zeit schob sich eine runde Form zwischen die Trittspuren – als hätte das Tier wie eine Riesenfliege in unregelmäßigen Abständen den Rüssel an die Decke gesetzt.

All dies, das muss man wirklich sagen, strahlte eine ziemlich beunruhigende Lebendigkeit aus.

Station Boucicaut. Une lumière liquide coulait sur les voûtes de carrelage blanc ; et cette lumière semblait – paradoxe atroce – couler vers le haut.

A peine installé dans la rame, je me sentis obligé d'examiner le tapis de sol – un tapis de caoutchouc gris, parsemé de nombreuses rondelles. Ces rondelles étaient légèrement en relief; tout à coup, j'eus l'impression qu'elles respiraient. Je fis un nouvel effort pour me raisonner.

Metrostation Boucicaut. Flüssiges Licht floss über die weißen Kachelgewölbe; und dieses Licht schien – schauderhaftes Paradoxon – nach oben zu fließen.

Kaum saß ich im Waggon, fühlte ich den Zwang, den Bodenbelag zu untersuchen – eine graue Gummischicht mit zahlreichen Ringen. Diese Ringe schienen leicht erhaben zu sein; auf einmal war mir, als würden sie atmen. Ich machte eine erneute Anstrengung, Vernunft anzunehmen.

Les informations se mélangent comme des aiguilles
Versées dans ma cervelle
Par la main aveugle du commentateur ;
J'ai peur.
Depuis huit heures, les déclarations cruelles
Se succèdent dans mon récepteur ;
Très haut, le soleil brille.

Le ciel est légèrement vert,
Comme un éclairage de piscine ;
Le café est amer,
Partout on assassine ;
Le ciel n'éclaire plus que des ruines.

Die Nachrichten vermischen sich wie Nadeln
In mein Gehirn geschüttet
Von der blinden Hand des Sprechers;
Ich habe Angst.
Seit acht Uhr nichts als Grausamkeiten
In meinem Apparat;
Sehr weit oben strahlt die Sonne.

Der Himmel ist leicht grün,
Wie Schwimmbadbeleuchtung;
Der Kaffee ist bitter,
Überall wird gemordet;
Der Himmel beleuchtet nur noch Ruinen.

Je tournais en rond dans ma chambre,
Des cadavres se battaient dans ma mémoire ;
Il n'y avait plus vraiment d'espoir ;
En bas, quelques femmes s'insultaient
Tout près du Monoprix fermé depuis décembre.

Ce jour-là, il faisait grand calme ;
Les bandes s'étaient repliées dans les faubourgs.
J'ai senti l'odeur du napalm,
Le monde est devenu très lourd.
Les informations se sont arrêtées vers six heures ;
J'ai senti s'accélérer les mouvements de mon cœur
Le monde est devenu solide,
Silencieux, les rues étaient vides
Et j'ai senti venir la mort.
Ce jour-là, il a plu très fort.

Ich zog in meinem Zimmer Kreise,
Kadaver kämpften miteinander in meinem Gedächtnis;
Es gab keine wirkliche Hoffnung mehr;
Unten beschimpften sich ein paar Frauen
Neben dem Supermarkt, der seit Dezember geschlossen war.

An jenem Tag herrschte tiefe Stille;
Die Banden hatten sich an den Stadtrand verkrochen.
Ich spürte den Geruch des Napalms,
Die Welt wurde sehr schwer.
Die Nachrichten endeten gegen sechs Uhr;
Ich spürte meinen Herzschlag schneller werden
Die Welt wurde fest,
Still lagen die leeren Straßen
Und ich spürte den Tod kommen.
An jenem Tag regnete es sehr stark.

Je m'éveille, et le monde retombe sur moi comme un bloc;
Le monde confus, homogène.
Le soleil traverse l'escalier, j'entame un soliloque,
Un dialogue de haine.

Vraiment, se disait Michel, la vie devrait être différente,
La vie devrait être un peu plus vivante;
On ne devrait pas voir ces choses;
Ni les voir, ni les vivre.

Maintenant le soleil traverse les nuées,
Sa lumière est brutale;
Sa lumière est puissante sur nos vies écrasées;
Il est presque midi et la terreur s'installe.

Ich erwache, und die Welt stürzt auf mich wie ein Block;
Die wirre, gleichförmige Welt.
Die Sonne fällt schräg ins Treppenhaus, ich beginne ein Selbstgespräch,
Einen hasserfüllten Dialog.

Wirklich, dachte Michel, die Welt müsste anders sein,
Und das Leben etwas lebendiger;
Man sollte die Dinge nicht sehen müssen;
Weder sie sehen noch sie erleben.

Jetzt fällt die Sonne schräg durch die Wolken,
Ihr Licht ist schonungslos;
Ihr Licht liegt machtvoll auf unseren zerschmetterten Leben;
Es ist fast Mittag und das Entsetzen nistet sich ein.

Les dents qui se défont

Dans la mâchoire maigre,
La soirée tourne à l'aigre
Et je touche le fond.

L'anesthésie revient et dure quelques secondes,
Au milieu de la foule le temps semble figé
Et l'on n'a plus envie de refaire le monde,
Au milieu de la foule et des parcours piégés.

La vie les tentatives,
L'échec qui se confirme
Je regarde les infirmes,
Puis il y a la dérive.

Nous avons souhaité une vie prodigieuse
Où les corps se penchaient comme des fleurs écloses,
Nous avons tout raté: fin de partie morose ;
Je ramasse les débris d'une main trop nerveuse.

Die Zähne zerfallen
Im dürren Kiefer,
Der Abend versauert
Und ich bin ganz unten.

Die Betäubung kehrt zurück und hält für ein paar Sekunden an,
Mitten in der Menge wirkt die Zeit wie erstarrt
Und man hat keine Lust mehr, die Welt neu zu erschaffen,
Mitten in der Menge und auf Wegen voller Fallstricke.

Das Leben die Versuche,
Das sich bestätigende Scheitern
Ich betrachte die Versehrten,
Dann gerät alles ins Rutschen.

Wir haben uns ein üppiges Leben gewünscht
In dem die Körper sich neigen sollten wie erblühte Blumen,
Wir haben alles verpatzt: verdrießliches Endspiel;
Ich sammle die Scherben einer allzu nervösen Hand ein.

Le train qui s'arrêtait au milieu des nuages
Aurait pu nous conduire à un destin meilleur
Nous avons eu le tort de trop croire au bonheur
Je ne veux pas mourir, la mort est un mirage.

Le froid descend sur nos artères
Comme une main sur l'espérance
Le temps n'est plus à l'innocence,
J'entends agoniser mon frère.

Les êtres humains luttaient pour des morceaux de temps,
J'entendais crépiter les armes automatiques,
Je pouvais comparer les origines ethniques
Des cadavres empilés dans le compartiment.

La cruauté monte des corps
Comme une ivresse inassouvie ;
L'histoire apportera l'oubli,
Nous vivrons la seconde mort.

Der Zug, der mitten in den Wolken stehen blieb
Hätte uns zu einem besseren Schicksal führen können
Wir haben zu Unrecht allzu fest ans Glück geglaubt
Ich will nicht sterben, der Tod ist ein Trugbild.

Die Kälte steigt zu unseren Arterien hinab
So, wie eine Hand nach den Hoffnungen greift
Es ist nicht mehr die Zeit der Unschuld,
Ich höre den Todeskampf meines Bruders.

Die Menschenwesen kämpften um Stücke der Zeit,
Ich hörte die automatischen Waffen knattern,
Ich konnte die ethnischen Zugehörigkeiten vergleichen
Der Leichen, die im Abteil gestapelt waren.

Die Grausamkeit steigt aus den Körpern auf
Wie ein ungestillter Rausch;
Die Geschichte wird das Vergessen bringen,
Dann erleben wir den zweiten Tod.

Les hommages à l'humanité
Se multiplient sur la pelouse
Ils étaient au nombre de douze,
Leur vie était très limitée.

Ils fabriquaient des vêtements
Des objets, des petites choses,
Leur vie était plutôt morose
Ils fabriquaient des revêtements,

Des abris pour leur descendance,
Ils n'avaient que cent ans à vivre
Mais ils savaient écrire des livres
Et ils nourrissaient des croyances.

Ils alimentaient la douleur
Et ils modifiaient la nature
Leur univers était si dur
Ils avaient eu si faim, si peur

Liegen auf dem Rasen
Es waren zwölf an der Zahl,
Ihr Leben war sehr beschränkt.

Sie stellten Kleidung her
Gegenstände, kleine Dinge,
Ihr Leben war ziemlich kläglich
Sie stellten Umkleidungen her,

Unterstände für ihre Nachkommenschaft,
Sie hatten nur hundert Jahre zu leben
Doch verstanden sie Bücher zu schreiben
Und sie pflegten verschiedene Glauben.

Sie unterhielten den Schmerz
Und sie bauten die Natur um
Ihr Universum war so hart
Sie hatten so Hunger gehabt, so Angst

Les matins à Paris, les pics de pollution
Et la guerre en Bosnie qui risque de reprendre
Mais tu trouves un taxi, c'est une satisfaction
Au milieu de la nuit un souffle d'air plus tendre

Te conduit vers le jour,
Le mois d'août se prolonge
Et tu diras bonjour
Dans ton bain, à l'éponge.

Tu as bien fait de prendre
Tes vacances en septembre
Si je n'avais pas d'enfants moi je ferais pareil,
On a parfois autant de journées de soleil.

Le samedi soir est terminé,
Il va falloir éliminer
La nuit tombe sur la résidence,
Il est plus tard que tu ne penses
Les lumières du bar tropical
S'éteignent. On va fermer la salle.

Die Morgen in Paris, die Spitzenwerte der Verschmutzung
Und in Bosnien droht der Krieg weiterzugehen
Aber du findest ein Taxi, das ist befriedigend
Mitten in der Nacht ein etwas leichterer Hauch

Der dich zum Tag führt,
Der August dehnt sich aus
Und im Bad sagst du
Guten Morgen zu deinem Schwamm.

Du hast recht daran getan
Deinen Urlaub im September zu nehmen
Wenn ich keine Kinder hätte, ich würde es auch so tun,
Manchmal hat man da genauso viele Sonnentage.

Der Samstagabend ist beendet,
Jetzt heißt es eliminieren müssen
Die Nacht senkt sich über die Siedlung,
Es ist später, als du denkst
Die Lichter in der Tropenbar
Erlöschen. Der Gastraum wird gleich geschlossen.

Tu déjeuneras seul
D’un panini saumon
Dans la rue de Choiseul
Et tu trouveras ça bon.

Du wirst allein frühstücken
Ein Panino mit Lachs
In der Rue de Choiseul
Und du wirst das gut finden.

Je vis dans des parois de verre,
Dans un bureau paysager
Et le soir je me roule par terre,
Mon chien commence à être âgé
Et ma voisine donne des soirées,
Ma voisine fait trop de manières.

Je me sens parfois solitaire,
Je ne donne jamais de soirée
J'entends ma voisine s'affairer,
Parfois ma voisine exagère.

Je ne renonce pas à plaire,
Je commence à m'interroger :
Est-ce que je suis vraiment âgé ?
Est-ce que je suis vraiment sincère ?

Ich lebe zwischen Wänden aus Glas,
In einer Bürolandschaft
Und abends kugle ich mich auf dem Boden,
Mein Hund wird langsam alt
Und meine Nachbarin gibt Abendgesellschaften,
Meine Nachbarin macht allzu große Umstände.

Ich fühle mich bisweilen einsam,
Ich gebe niemals eine Abendgesellschaft
Ich höre meine geschäftige Nachbarin,
Manchmal übertreibt meine Nachbarin.

Ich höre nicht auf, gefallen zu wollen,
Ich frage mich allmählich:
Bin ich wirklich alt?
Bin ich wirklich ehrlich?

La nouvelle année nous engage
A détruire quelques relations
Et à démolir quelques cages,
A désassembler des fictions.

Reportant sur son agenda
Tous ces gens qu'on ne verra plus
On se sent un peu bête, parfois ;
Il faut qu'on meure ou bien qu'on tue.

L'ancienne année grille mes doigts
Comme une allumette oubliée
Puis le jour se lève, il fait froid ;
Je commence à me replier.

L'année de la parole divine
Est encore à réinventer ;
Sur mon matelas, je rumine
Des réalités disjonctées.

Das neue Jahr regt uns an
Ein paar Bekanntschaften zu zerstören
Und ein paar Käfige einzureißen,
Fiktionen auseinander zu nehmen.

Wenn man in seinem Adressbuch
All die Leute vermerkt, die man nicht wiedersehen wird
Fühlt man sich ein bisschen dumm, bisweilen;
Doch wer nicht sterben will, muss töten.

Das alte Jahr verbrennt mir die Finger
Wie ein vergessenes Streichholz
Dann wird es Tag, es ist kalt;
Ich kapsele mich wieder ab.

Das Jahr des Gottesworts
Muss erst noch erfunden werden;
Auf meiner Matratze sinne ich
Einander ausschließenden Wirklichkeiten nach.

Les marronniers du Luxembourg
Attrapent un soleil manifeste.
J’ai envie de faire l’amour ;
Ordinairement, je me déteste.

Pourquoi tout cet or répandu
Dans les rayons du ciel d’octobre ?
Il faudrait croire qu’on a vécu
Qu’on disparaît, concis et sobre,

Et sans regret. Que de mensonges …
Pourquoi faire croire qu’on est heureux ?
Je me remplis comme une éponge
D’un cafard fin et nauséeux.

Die Kastanienbäume im Jardin du Luxembourg
Fangen die klare Sonne ein.
Ich habe Lust auf Sex;
Sonst finde ich mich meist grässlich.

Warum all dies strömende Gold
In den Strahlen des Oktoberhimmels?
Man möchte glauben, dass man gelebt hat
Dass man verschwindet, knapp und bündig, nüchtern,

Und ohne Bedauern. Lauter Lügen …
Warum so tun, als wäre man glücklich?
Ich sauge mich voll wie ein Schwamm
Mit schleichendem, ekligem Überdruss.

« Les chantiers de l'aménagement » :
Article de fond, journal *Le Monde*
Et je sens au fil des secondes
Les bactéries creuser mes dents.

Les fleurs s'élèvent hors de la terre
Dans leur naive génération.
Le soleil glisse, effet de serre :
Triomphe de la végétation.

Un cycliste changeait ses lunettes
Avant de visiter la ville ;
La ville est propre, les rues sont nettes
Et le cycliste a l'air tranquille.

Stein am Rhein, le 22 mai.

«Umbauarbeiten»:
Hintergrundartikel in der Zeitung *Le Monde*
Und ich spüre sekündlich
Die Bakterien meine Zähne zerfressen.

Die Blumen sprießen aus der Erde
In ihrer naiven Fortpflanzung.
Die Sonne gleitet vorbei, Treibhauseffekt:
Triumph der Vegetation.

Ein Radfahrer wechselte die Brille
Bevor er die Stadt besichtigte;
Die Stadt ist sauber, die Straßen sind rein
Und der Radfahrer wirkt gelassen.

Stein am Rhein, am 22. Mai

On pénètre dans la salle de bains,
Et c'est la vie qui recommence
On n'en voulait plus, du matin,
Seul dans la nuit d'indifférence.

Il faut tout reprendre à zéro
Muni d'une donne amoindrie,
Il faut rejouer les numéros
Au bord des poubelles attendries.

Dans le matin qui se transforme
En un lac de néant candide
On reconnait la vie, les formes,
Semi-transitions vers le vide.

Man betritt das Badezimmer,
Und das Leben beginnt erneut
Man wollte vom Morgen nichts mehr wissen,
Allein in der Nacht aus Gleichgültigkeit.

Alles muss von vorn begonnen werden
Mit einem verminderten Blatt in der Hand
Es heißt die Karten ausspielen
Neben den gerührten Mülleimern.

In dem Morgen, der sich verwandelt
In einen See aus reinweißem Nichts
Erkennt man das Leben wieder, seine Formen,
Übergangsformen in Richtung Leere.

Un désespoir standardisé,
Et la poussière qui se propage
Tout au long des Champs-Élysées,
Il va falloir tourner la page.

Achetant des revues de bite
Au kiosque avenue de Wagram,
Je me sens piégé par un rite
Comme un aveugle qui réclame

Et cogne sa canne sur le sol,
S'approchant de la voie ferrée
Comme une fleur à l'entresol,
Comme un rameur désemparé.

La circulation s'assouplit
Et la nuit découvre ses veines,
Les trottoirs sont couverts de pluie
Dans le déclin de la semaine.

Standardisierte Hoffnungslosigkeit,
Und der Staub wölkt
Die Champs-Élysées entlang,
Man wird ein neues Kapitel aufschlagen müssen.

Als ich Tittenmagazine kaufe
Am Kiosk in der Avenue de Wagram,
Fühle ich mich in der Falle eines Rituals
Wie ein bettelnder Blinder

Der seinen Stock aufstößt
Und auf die Gleise zugeht
Wie eine Blume im Zwischengeschoss,
Wie ein manövrierunfähiger Ruderer.

Der Verkehr wird sanfter
Und die Nacht entdeckt ihre Adern,
Die Bürgersteige sind regennass
Im Schwinden der Woche.

Le calme des objets, à vrai dire, est étrange,
Un peu inamical ;
Le temps nous déchiquette et rien ne les dérange,
Rien ne les désinstalle.

Ils sont les seuls témoins de nos vraies déchéances,
De nos passages à vide ;
Ils ont pris la couleur de nos vieilles souffrances,
De nos âmes insipides.

Sans rachat, sans pardon, et trop semblables aux choses,
Nous gravitons, inertes ;
Rien ne peut apaiser cette fièvre morose,
Ce sentiment de perte.

Construits par nos objets, faits à leur ressemblance,
Nous existons par eux.
Au fond de nous, pourtant, gît la ressouvenance
D'avoir été des dieux.

Die Stille der Gegenstände ist, um ehrlich zu sein, seltsam,
Ein wenig unfreundschaftlich;
Die Zeit zerstückelt uns und sie bleiben völlig ungerührt,
Nichts bringt sie aus der Ruhe.

Sie sind die einzigen Zeugen unseres wahren Verfalls,
Unserer geistigen Aussetzer;
Sie haben die Farbe unserer alten Kümmernisse angenommen,
Unserer faden Seelen.

Ohne Erlösung, ohne Vergebung, und den Gegenständen allzu ähnlich,
Kreisen wir, träge;
Nichts kann dieses verdrießliche Fieber lindern,
Diese Empfindung von Verlust.

Von unseren Gegenständen gebaut, nach ihrem Bild geschaffen,
Existieren wir durch sie.
Tief in uns indessen ruht noch die Erinnerung
Dass wir einst Götter waren.

L'intérieur des poumons
Remonte à la surface ;
Traitement aux rayons :
La douleur se déplace.

Un hurlement de peur
Dans la nuit traversée :
Je sens battre mon cœur
A grands coups oppressés.

Steigt an die Oberfläche;
Strahlenbehandlung:
Der Schmerz wechselt den Ort.

Ein Angstgeschrei
In der durchlebten Nacht:
Ich spüre mein Herz pochen
Mit schwerem, bedrücktem Schlag.

Les nuits passent sur moi comme un grand laminoir
Et je connais l’usure des matins sans espoir
Le corps qui se fatigue, les amis qui s’écartent,
Et la vie qui reprend une à une ses cartes.

Je tomberai un jour, et de ma propre main :
Lassitude au combat, diront les médecins.

Die Nächte gehen über mich hinweg wie eine große Walzenpresse
Und ich kenne den Verschleiß der hoffnungslosen Morgen
Wenn der Körper erschöpft ist, die Freunde abrücken,
Und das Leben seine Karten eine nach der anderen wieder aufnimmt.

Ich werde fallen, eines Tages, und zwar von eigener Hand:
Kampfesunlust, werden die Ärzte sagen.

Ce n'est pas cela. J'essaie de conserver mon corps en bon état. Je suis peut-être mort, je ne sais pas. Il y a quelque chose qu'il faudrait faire, que je ne fais pas. On ne m'a pas appris. Cette année, j'ai beaucoup vieilli. J'ai fumé huit mille cigarettes. Souvent j'ai eu mal à la tête. Il doit pourtant y avoir une façon de vivre ; quelque chose que je ne trouve pas dans les livres. Il y a des êtres humains, il y a des personnages ; mais d'une année sur l'autre c'est à peine si je reconnais leurs visages.

Je ne respecte pas l'homme; cependant, je l'envie.

Das ist es nicht. Ich versuche, meinen Körper in gutem Zustand zu erhalten. Ich bin vielleicht tot, ich weiß nicht. Da ist etwas, das man tun müsste, ich tue es nicht. Man hat es mich nicht gelehrt. Dieses Jahr bin ich sehr gealtert. Ich habe achttausend Zigaretten geraucht. Oft hatte ich Kopfschmerzen. Es muss aber doch eine Art zu leben geben; etwas, das ich in den Büchern nicht finde. Es gibt Menschenwesen, es gibt Figuren; doch Jahr um Jahr fällt es mir schwerer, ihre Gesichter zu erkennen.

Ich respektiere den Menschen nicht; ich beneide ihn jedoch.

J’étais parti en vacances avec mon fils

Dans une auberge de jeunesse extrêmement triste
C’était quelque part dans les Alpes,
Mon fils avait dix ans

Et la pluie gouttait doucement le long des murs ;
En bas, les jeunes essayaient de nouer des relations amoureuses
Et j’avais envie de cesser de vivre,
De m’arrêter sur le bord du chemin
De ne même plus écrire de livres
De m’arrêter, enfin.

La pluie tombe de plus en plus, en longs rideaux,
Ce pays est humide et sombre ;
La lutte s’y apaise, on a l’impression d’entrer au tombeau ;
Ce pays est funèbre, il n’est même pas beau.

Bientôt mes dents vont tomber aussi,
Le pire est encore à venir ;
Je marche vers la glace, lentement je m’essuie ;
Je vois le soir tomber et le monde mourir.

Ich war mit meinem Sohn in Urlaub
In einer extrem tristen Jugendherberge
Irgendwo in den Alpen war das
Mein Sohn war zehn

Und der Regen troff sanft gegen die Mauern;
Unten versuchten junge Leute miteinander anzubandeln
Und ich wollte am liebsten aufhören zu leben,
Am Wegesrand stehen bleiben
Nicht mal mehr Bücher schreiben
Endlich aufhören eben.

Der Regen wird immer stärker, er fällt in langen Schwaden,
Dies Land ist dunkel und feucht;
Der Kampf kommt hier zur Ruhe, es ist einem, als beträte man sein Grab;
Dies Land ist düster, es ist nicht einmal schön.

Bald fallen auch mir die Zähne aus,
Das Schlimmste steht noch bevor;
Ich gehe auf den Spiegel zu, langsam verwische ich mich;
Ich sehe den Abend kommen und die Welt sterben.

II

Le noyau du mal d'être

Une pièce blanche, trop chauffée, avec de nombreux radiateurs (un peu : salle de cours dans un lycée technique).

La baie vitrée donne sur les banlieues modernes, préfabriquées, d'une zone semi-résidentielle.

Elles ne donnent pas envie de sortir, mais rester dans la pièce est un tel désastre d'ennui.
(Tout est déjà joué depuis longtemps, on ne continue la partie que par habitude.)

Ein weißer, überheizter Raum mit zahlreichen Heizkörpern (wie ein Klassenzimmer in einer technischen Oberschule).

Das große Fenster geht auf moderne, aus Fertigteilen gebaute Vorstädte hinaus, eine halbwegs gute Wohngegend.

Sie flößen einem keine Lust zum Ausgehen ein, aber im Zimmer sitzen zu bleiben ist derart langweilig, eine Katastrophe.
(Alles ist schon seit langem abgekartet, man spielt die Partie nur aus Gewohnheit weiter.)

Transposition, contrôle

La société est cela qui établit des différences
Et des procédures de contrôle
Dans le supermarché je fais acte de présence,
Je joue très bien mon rôle.

J'accuse mes différences,
Je délimite mes exigences
Et j'ouvre la mâchoire,
Mes dents sont un peu noires.

Le prix des choses et des êtres se définit par consensus
transparent
Où interviennent les dents,
La peau et les organes,
La beauté qui se fane.

Die Gesellschaft ist dasjenige, das für Unterschiede sorgt
Und für Kontrollprozesse
Ich lasse mich kurz im Supermarkt sehen,
Ich spiele meine Rolle sehr gut.

Ich stelle meine Unterschiede heraus,
Ich beschränkte meine Ansprüche
Und ich klappe den Kiefer auf,
Meine Zähne sind ein bisschen schwarz.

Der Preis der Dinge und der Wesen wird durch einen
transparenten Konsens definiert
An dem Zähne,
Haut und Organe mitwirken,
Die verblühende Schönheit.

Certains produits glycérinés
Peuvent constituer un facteur de surestimation partielle;
On dit : « Vous êtes belle »
Le terrain est miné.

La valeur des êtres et des choses est usuellement d'une
précision extrême
Et quand on dit : « Je t'aime »
On établit une critique,
Une approximation quantique,
On écrit un poème.

Manche Produkte mit Glyzerin
Können für partielle Überschätzung sorgen;
Man sagt: «Sie sind schön»;
Das Gelände ist vermint.

Der Wert der Wesen und der Dinge ist gewöhnlich
äußerst präzise
Und wenn man sagt: «Ich liebe dich»
Schafft man eine Einordnung,
Eine Quanten-Annäherung,
Man schreibt ein Gedicht.

Dijon

Usuellement, en arrivant en gare de Dijon, j'atteignais un état de parfait désespoir. Rien, cependant, ne s'était encore produit ; il semblait encore flotter dans l'atmosphère, dans les bâtiments, comme une espèce d'hésitation ontologique. Les mouvements encore mal assurés du monde pouvaient s'arrêter d'un seul coup. Je pouvais, moi aussi, m'arrêter ; je pouvais rebrousser chemin, je pouvais repartir. Ou bien je pouvais tomber malade ; d'ailleurs, je me sentais malade. Le lundi matin, en traversant les rues en général brumeuses de cette ville à d'autres égards agréable, je pouvais encore croire que la semaine n'aurait pas lieu.

C'est vers huit heures moins dix que je passais devant l'église Saint-Michel. Il me restait quelques rues à parcourir, quelques centaines de mètres pendant lesquelles j'étais à peu près sûr de ne rencontrer personne. J'en profitais, sans cependant flâner. Je marchais lentement, mais sans détours, vers un espace de plus en plus restreint, vers un lieu de mieux en mieux délimité où allait se jouer pour moi, comme chaque semaine, l'enfer répétitif de la survie matérielle.

Für gewöhnlich erreichte ich, wenn ich im Bahnhof von Dijon eintraf, einen Zustand vollkommener Hoffnungslosigkeit. Dabei war noch gar nichts passiert; in der Atmosphäre und den Gebäuden schien immer noch eine Art ontologisches Zögern zu treiben. Die noch unsicheren Bewegungen der Welt konnten möglicherweise schlagartig innehalten. Auch ich konnte innehalten; ich konnte umkehren, ich konnte wieder wegfahren. Oder ich konnte krank werden; übrigens fühlte ich mich krank. Wenn ich montagmorgens die meist nebligen Straßen dieser sonst schon angenehmen Stadt durchlief, konnte ich noch glauben, dass die Woche gar nicht stattfinden würde.

Gegen zehn vor acht kam ich an der Kirche Saint-Michel vorbei. Ich hatte noch einige Straßen hinter mich zu bringen, einige hundert Meter, auf denen ich weitgehend sicher war, niemandem zu begegnen. Ich nutzte das, allerdings ohne zu bummeln. Ich ging langsam, doch ohne Umwege zu machen, auf einen immer enger begrenzten Raum zu, auf einen immer deutlicher umzeichneten Ort, an dem sich für mich wie jede Woche die wiederkehrende Hölle des materiellen Überlebens ereignen sollte.

La machine à écrire pesait plus de vingt kilos,
Avec une grosse touche en forme d'éclair pour indiquer
le retour chariot.
C'est je crois Jean-Luc Faure qui m'avait aidé
à la transporter;
« Pour écrire tes mémoires », se moquait-il sans méchanceté.

Die Schreibmaschine wog mehr als zwanzig Kilo,
Mit einer dicken Taste in der Form eines Blitzes, um den Zeilenumsteller zu betätigen.
Ich glaube, Jean-Luc Faure hatte mir geholfen, sie zu transportieren;
«Mit der kannst du deine Memoiren schreiben», spottete er ohne Boshaftigkeit.

Paris-Dourdan

A Dourdan, les gens crèvent comme des rats. C'est du moins ce que prétend Didier, un secrétaire de mon service. Pour rêver un peu, je m'étais acheté les horaires du RER – ligne C. J'imaginais une maison, un bull-terrier et des pétunias. Mais le tableau qu'il me traça de la vie à Dourdan était nettement moins idyllique : on rentre le soir à huit heures, il n'y a pas un magasin ouvert ; personne ne vient vous rendre visite, jamais ; le week-end, on traîne bêtement entre son congélateur et son garage. C'est donc un véritable réquisitoire anti-Dourdan qu'il conclut par cette formule sans nuance : « A Dourdan, tu crèveras comme un rat. »
Pourtant j'ai parlé de Dourdan à Sylvie, quoique à mots couverts et sur un ton ironique. Cette fille, me disais-je dans l'après-midi en faisant les cent pas, une cigarette à la main, entre le distributeur de café et le distributeur de boissons gazeuses, est tout à fait le genre à désirer habiter Dourdan ; s'il y a une fille que je connaisse qui puisse avoir envie d'habiter Dourdan, c'est bien elle ; elle a tout à fait la tête d'une pro-dourdannaise.

Naturellement ce n'est là que l'esquisse d'un premier mouvement, d'un tropisme lent qui me porte vers Dourdan et qui mettra peut-être des années à aboutir, probablement même qui n'aboutira pas, qui sera contrecarré et anéanti par le flux des choses, par l'écrasement permanent des circonstances. On peut supposer sans

In Dourdan sind die Menschen lebendig begraben. Das behauptet zumindest Didier, ein Sekretär in meiner Dienststelle. Um ein wenig zu träumen, hatte ich mir den Fahrplan des Vorort-Schnellzugs, Linie C, gekauft. Ich stellte mir ein Häuschen vor, einen Bullterrier und Petunien. Aber das Bild, das er mir vom Leben in Dourdan zeichnete, war deutlich weniger idyllisch: Man kommt abends um acht nach Hause, kein Geschäft ist mehr offen; niemand kommt einen besuchen, niemals; am Wochenende läuft man dämlich zwischen Tiefkühltruhe und Garage hin und her. Ein wahres Anti-Dourdan-Plädoyer, das er mit der ebenso harten Formel abschloss: «In Dourdan wärst du lebendig begraben.»
Trotzdem habe ich Sylvie von Dourdan erzählt, wenn auch nur in Andeutungen und ironisch. Dieses Mädchen, dachte ich, als ich mir nachmittags zwischen dem Kaffee- und dem Getränkeautomaten die Beine vertrat, eine Zigarette in der Hand, ist absolut eine von denen, die gern in Dourdan wohnen würden; wenn ich ein Mädchen kenne, das gern in Dourdan wohnen würde, dann sie; sie sieht absolut wie eine Pro-Dourdanierin aus.

Natürlich ist das hier nur die Andeutung einer ersten Bewegung, eines langsamen Tropismus, der mich auf Dourdan zu ausrichtet und vielleicht Jahre brauchen wird, um zu etwas zu führen, der wahrscheinlich sogar zu gar nichts führt, der

grand risque d'erreur que je n'atteindrai jamais Dourdan ; sans doute même serai-je brisé avant d'avoir dépassé Brétigny. Il n'empêche, chaque homme a besoin d'un projet, d'un horizon et d'un ancrage. Simplement, simplement pour survivre.

vom Lauf der Dinge konterkariert und zunichte gemacht werden wird, von der fortwährenden zerstörerischen Wirkung der Umstände. Ohne großes Fehlerrisiko darf man annehmen, dass ich nie in Dourdan ankommen werde; wahrscheinlich bin ich schon kaputt, bevor ich über Brétigny hinaus bin. Macht nichts, jeder Mensch braucht ein Projekt, einen Horizont und einen Ankerpunkt. Ganz einfach, ganz einfach zum Überleben.

Je suis difficile à situer
Dans ce café (certains soirs, bal);
Ils discutent d'affaires locales,
D'argent à perdre, de gens à tuer.

Je vais prendre un café et la note;
On n'est pas vraiment à Woodstock.
Les clients du bar sont partis,
Ils ont fini leurs Martinis,
Hi hi!

Ich bin schwierig einzuordnen
In diesem Café (an manchen Abenden, beim Ball);
Sie diskutieren über Lokales,
Über Geld, das zu verlieren ist, Leute, die zu töten sind.

Ich gehe einen Kaffee und die Rechnung holen;
Wir sind hier nicht wirklich in Woodstock.
Die Gäste von der Bar sind jetzt weg,
Sie haben ihre Martinis ausgetrunken,
Hi hi!

Nice

La promenade des Anglais est envahie de Noirs américains
Qui n'ont même pas la carrure de basketteurs ;
Ils croisent des Japonais partisans de la « voie du sabre »
Et des joggers semi-californiens ;

Tout cela vers quatre heures de l'après-midi,
Dans la lumière qui décline.

Die Promenade des Anglais ist voll amerikanischer Schwarzer
Die nicht mal die Statur von Basketball-Spielern haben;
Sie begegnen Japanern, die den «Weg des Säbels» verfolgen,
Und semi-kalifornischen Joggern;

All das gegen vier Uhr nachmittags,
Im sinkenden Licht.

L'art moderne

Impression de paix dans la cour,
Vidéos trafiquées de la guerre du Liban
Et cinq mâles occidentaux
Discutaient de sciences humaines.

Friedliche Stimmung im Hof
Schwarzhandel mit Videos vom Krieg im Libanon
Und fünf westliche Männchen
Diskutierten über Humanwissenschaft.

Recréer des cérémonies …

Psychologies effilochées.
Un jour nos visages vont lâcher,
Nous aurons de mornes agonies.

Les traits construits par l'existence
Éloignent du visage de Dieu.
Moments ratés, faussement intenses …
Nous ironisons, devenons vieux.

Rediffusés par satellite,
Les marathons caritatifs
Maintiennent un niveau émotif
Pas trop intense, mais un peu vif;
Plus tard, il y a des films de bite.

Wieder Zeremonien schaffen …
Fadenscheinige Psychologien.
Eines Tages werden uns unsere Gesichter im Stich lassen,
Wir werden trostlose Agonien erleben.

Die von der Existenz gefügten Gesichtszüge
Entfernen vom Antlitz Gottes.
Missratene, fälschlich intensive Momente …
Wir ironisieren, werden alt.

Die Wohlfahrtsmarathons
Im Satellitenfernsehen
Halten ein emotionales Niveau
Kein sehr hohes, aber doch ein wenig lebhaft;
Später werden Fickfilme gesendet.

Des touristes danoises glissaient leurs yeux de biche
Le long de la rue des Martyrs ;
Une concierge promenait ses caniches ;
La nuit avait de l'avenir.

Captés par le pinceau des phares,
Quelques pigeons paralysés
Achevaient leur vie, épuisés ;
La ville vomissait ses barbares.

On se décide à se distraire,
La nuit est bien chaude et bien moite
Tout à coup l'envie de se taire
Vous casse en deux. La vie étroite

Reprend ses droits. On ne peut plus.
Comment font ces gens pour bouger ?
Comment font tous ces inconnus ?
Je me sens seul, découragé.

Dänische Touristinnen äugten wie Rehkühe
Die Rue des Martyrs hinab;
Eine Concierge führte ihre Pudel Gassi;
Die Nacht hatte eine Zukunft.

Vom Strahl der Scheinwerfer eingefangen
Ließen ein paar erschöpfte Tauben
Gelähmt ihr Leben;
Die Stadt erbrach ihre Barbaren.

Man beschließt, sich zu zerstreuen,
Die Nacht ist recht warm und recht feucht
Plötzlich packt einen die Lust zu schweigen
Und bricht einen mittendurch. Das schmale Leben

Macht seine Rechte wieder geltend. Man kann nicht mehr.
Wie schaffen es diese Leute nur, sich zu bewegen?
Wie schaffen es nur all diese Unbekannten?
Ich fühle mich verlassen, mutlos.

Quatre fillettes montraient leurs seins
Sur la pelouse des Invalides
Et j'avais beaucoup trop de bide
Pour leur tenir un discours sain.

C'étaient sans doute des Norvégiennes,
Elles venaient sauter des Latins
Elles avaient de très jolis seins
Plus loin, il y avait trois chiennes

Au comportement placide
(En dehors des périodes de rut,
Les chiennes n'ont pas vraiment de but;
Mais elles existent, douces et limpides.)

Vier junge Mädchen zeigten ihre Brüste
Auf dem Rasen vorm Hôtel des Invalides
Und ich hatte zu viel Bauch
Um sie mit gesundem Menschenverstand anzusprechen.

Wahrscheinlich waren es Norwegerinnen,
Sie kamen die Südländer bespringen
Sie hatten sehr hübsche Brüste
Weiter hinten waren drei Hündinnen

Die sich ganz friedlich benahmen
(Wenn sie nicht läufig sind,
Haben Hündinnen kein wahres Ziel;
Aber sie leben weiter, sanft und lauter.)

Kiki! Kiki!

Retournerai-je en discothèque?
Cela me paraît peu probable;
A quoi bon de nouveaux échecs?
Je préfère pisser sur le sable

Et tendre ma petite quéquette
Dans le vent frais de Tunisie,
Il y a des Hongroises à lunettes
Et je me branle par courtoisie.

Je plaisante au bord du suicide
Comme un fil près d'un trou d'aiguille
Et si j'étais un peu lucide
Je sauterais sur toutes les filles

Et je ferais n'importe quoi
Pour passer au moins une nuit,
Pour arracher un peu de joie
Auprès de ces corps qui s'enfuient.

Soll ich wieder in eine Diskothek?
Das kommt mir eher unwahrscheinlich vor;
Wozu sollen erneute Niederlagen gut sein?
Lieber pisse ich in den Sand

Und halte meinen kleinen Schniepel
In den kühlen Wind Tunesiens,
Da sind Ungarinnen hinter Brillen
Und ich wichse höflichkeitshalber.

Ich scherze am Rande zum Selbstmord
Wie ein Faden vor dem Nadelöhr
Wenn ich etwas heller wäre
Würde ich sämtliche Mädchen anspringen

Und ich täte alles Mögliche
Um wenigstens in einer einzigen Nacht
Ein wenig Freude an mich zu reißen
Bei diesen Körpern, die sich entziehen.

Mon sexe est toujours là, il gonfle
Je le retrouve entre les draps
Comme un vieil animal, il ronfle
Quand je réutilise mon bras.

Que ma main connaît bien mon sexe!
Ce sont de très anciens rapports
Rien ne la fâche, rien ne la vexe,
Ma main me conduit à la mort.

Je me masturbe au Martini
En attendant demain matin
Je sais très bien que c'est fini,
Mais je ne comprends pas la fin

Et tout seul, dans la nuit, je bande
Autour d'un halo de douceur
J'ai envie de poser ma viande;
Je me réveille, je suis en pleurs.

Mein Penis ist immer da, er schwillt
Ich finde ihn im Bett zwischen den Tüchern
Wie ein altes Tier, er schnarcht
Wenn ich mal wieder meinen Arm benutze.

Wie gut meine Hand meinen Penis kennt!
Das ist eine altvertraute Beziehung
Nichts kann sie ärgern, nichts sie verstimmen,
Meine Hand geleitet mich zum Tod.

Ich masturbiere zum Martini
Und warte auf morgen früh
Ich weiß sehr wohl, jetzt ist's vorbei,
Aber ich begreife das Ende nicht

Und ganz allein in der Nacht hab ich einen Ständer
Um einen Heiligenschein von Zärtlichkeit
Will ich mein Fleisch zur Ruhe betten;
Ich wache auf, tränenüberströmt.

Créature aux lèvres accueillantes

Assise en face, dans le métro,
Ne sois pas si indifférente :
L'amour, on n'en a jamais trop.

Du Wesen mit einladenden Lippen
Das mir in der Metro gegenübersitzt
Sei nicht so gleichgültig:
Liebe hat man nie genug.

Dans les murs de la ville où le malheur dessine
Ses variations fragiles
Je suis seul à jamais, la ville est une mine
Où je creuse, docile.

In den Mauern der Stadt, an die das Unglück
Seine zerbrechlichen Variationen malt
Bin ich auf ewig allein, die Stadt ist eine Mine
In der ich schürfe, folgsam.

Il y a les dimanches,
J'essaie de te baiser
Tu es là, froide et blanche,
Sur le lit défroissé
Et tu prends ta revanche.

Une odeur de salpêtre
Remonte à mes narines
Et nos deux corps s'empêtrent,
Un peu plus tard j'urine
Et je vomis mon être.

Le samedi c'est bien,
On va au Monoprix
Et on compare les prix
Des enfants et des chiens,
Le samedi c'est bien.

Es gibt diese Sonntage,
Ich versuche dich zu vögeln
Du bist da, kalt und weiß,
Auf dem glatt gezogenen Bett
Und du nimmst Rache.

Salpetergeruch
Steigt mir in die Nase
Und unsere beiden Körper verstricken sich,
Etwas später uriniere ich
und erbreche mein Sein.

Samstags ist es schön,
Wir gehen in den Supermarkt
Und vergleichen die Preise
Für Kinder und für Hunde,
Samstags ist es schön.

Mais il y a les dimanches,
La durée qui se traîne
La peur qui se déclenche,
Un mouvement de haine
Il y a les dimanches ;
Lentement, je débranche.

Aber es gibt auch die Sonntage.
Die Dauer schleppt sich hin
Die Angst bricht los,
Eine Regung des Hasses
Es gibt die Sonntage;
Langsam raste ich aus.

La liberté me semble un mythe,
Ou bien c'est un surnom du vide;
La liberté, franchement, m'irrite,
On atteint vite à l'insipide.

J'ai eu diverses choses à dire
Ce matin, très tôt, vers six heures
J'ai basculé dans le délire,
Puis j'ai passé l'aspirateur.

Le non-être flotte alentour
Et se colle à nos peaux humides;
De temps en temps on fait l'amour,
Nos corps sont las. Le ciel est vide.

Die Freiheit scheint mir ein Mythos zu sein,
Oder ein Beiname der Leere;
Die Freiheit, offen gesagt, irritiert mich,
Bald ist alles reizlos.

Ich habe Verschiedenes zu sagen gehabt
Heute Morgen, sehr früh, gegen sechs
Bin ich in den Wahnsinn gekippt,
Dann habe ich Staub gesaugt.

Das Nicht-Sein schwebt ringsum
Und klebt sich an unsere feuchte Haut;
Von Zeit zu Zeit hat man Sex,
Unsere Körper sind matt. Der Himmel ist leer.

Après avoir connu la nature de la vie
L’avoir examinée, soupesée en détail,
On aimerait détruire ce qui peut être détruit
Mais tout semble solide, et l’informe bétail
Des êtres humains poursuit
Son réengendrement, tant pis, vaille que vaille

Le matin de mes jours m’apparaît vaguement
Lorsque je suis assis, tordu devant ma table,
Tout semble s’effacer et se couvrir de sable,
Le matin de mes jours disparaît lentement.

Nachdem man die Natur des Lebens erkannt,
untersucht und jedes Detail erwogen hat,
Möchte man zerstören, was sich zerstören lässt
Aber alles wirkt solide, und die formlose Masse
Menschenvieh zeugt sich
Fort und immer fort, egal wie, da mag kommen, was will

Der Morgen meiner Tage tritt undeutlich vor mich hin
Wenn ich gekrümmt an meinem Tisch sitze,
Alles scheint sich zu verwischen, sich mit Sand zu bedecken,
Der Morgen meiner Tage verschwindet langsam wieder.

La vérité s'étend par flaques
Autour d'un étal de boucher
L'amour de Dieu est une arnaque,
Je regarde les chiens couchés

Qui happent des boyaux verdâtres
D'une gueule presque joyeuse,
Nous sommes des chiens idolâtres
Et je te sens très amoureuse.

Corps des femelles, sperme des mâles
Mélangés pour une oraison
Qu'on rend aux puissances infernales,
Je suis las de mes trahisons.

La vérité est dans le sang
Comme le sang est dans nos veines ;
Je m'approche, je te rentre dedans,
Tu n'as presque plus forme humaine.

Die Wahrheit breitet sich in Pfützen aus
Um die Fleischbank eines Metzgers
Die Liebe Gottes ist Beschiss,
Ich schaue auf die liegenden Hunde

Deren fast fröhliche Schnauzen
Nach grünlichem Gekröse schnappen
Wir sind götzendienerische Hunde
Und ich spüre, dass du sehr verliebt bist.

Körper der Weibchen, Sperma der Männchen
Vermischt für ein Gebet
Das man den Höllenmächten darbringt,
Ich habe meine Verrate satt.

Die Wahrheit ist im Blut
So, wie das Blut in unseren Adern ist;
Ich komme näher, ich dringe in dich ein;
Du hast fast keine menschliche Gestalt mehr.

Avec un bruit un peu moqueur,
La mer s'écrasait sur la plage;
Dans l'attente du deuxième sauveur,
Nous ramassions des coquillages.

L'homme mort, il reste un squelette
Qui évolue vers la blancheur
Sous le poisson, il y a l'arête
Le poisson attend le pêcheur.

Sous l'être humain, il y a la brute
Configurée en profondeur
Mais au fond de sa vie sans but,
L'homme attend le deuxième sauveur.

Mit leicht spöttischem Platschen
Schlug das Meer auf den Strand;
Beim Warten auf den zweiten Erlöser
Sammelten wir Muscheln.

Vom toten Menschen bleibt ein Skelett
Das immer weißer wird
Im Fisch ist die Gräte
Der Fisch erwartet den Fischer.

Unter dem Menschenwesen ist das Vieh
Tief in ihm angelegt
Doch am Grunde seines Lebens ohne Ziel
harrt der Mensch auf den zweiten Erlöser.

L'indifférence des falaises

A notre destin de fourmis
Grandit dans la soirée mauvaise ;
Nous sommes petits, petits, petits

Devant ces concrétions solides
Pourtant érodées par la mer
Monte en nous un désir de vide,
L'envie d'un éternel hiver.

Reconstruire une société
Qui mérite le nom d'humaine,
Qui conduise à l'éternité
Comme l'anneau va vers la chaîne.

Nous sommes là, la lune tombe
Sur un désespoir animal
Et tu cries, ma sœur, tu succombes
Sous la sagesse du minéral.

Die Gleichgültigkeit der Klippen

Gegenüber unseren Ameisenschicksalen
Wächst in dem bösen Abend heran;
Wir sind klein, klein, klein.

Vor diesen festen Konkretionen
Die das Meer trotzdem zerfrisst
Steigt in uns die Sehnsucht nach Leere auf,
Die Lust auf einen ewigen Winter.

Eine Gesellschaft neu erbauen
Die es verdiente, menschlich genannt zu werden,
Die zur Ewigkeit führte
Wie der Ring zur Kette läuft.

Wir sind da, die Nacht bricht an
Über animalischer Verzweiflung
Und du schreist, meine Schwester, du erliegst
Der Weisheit des Minerals.

La permanence de la lumière
Me rend soudain mélancolique
Les serpents rampent dans la poussière,
Les chimpanzés sont hystériques.

Les êtres humains se font des signes,
Les ancolies fanent très vite
Je me sens soudain très indigne,
Je ne dispose d'aucun rite

Pour protéger mon existence
De la lutte et de la fournaise,
Cet univers où l'on se baise
N'est pas mon lieu de renaissance.

Pour perdre le sens du charnel
Il suffit de plisser les yeux
Je suis au centre du réel,
Je suis étranger à ces lieux.

Die Beständigkeit des Lichts

Stimmt mich unvermittelt melancholisch
Die Schlangen kriechen im Staub,
Die Schimpansen sind hysterisch.

Die Menschenwesen geben einander Zeichen,
Die Akeleien welken sehr schnell
Ich fühle mich mit einem Mal sehr unwürdig,
Ich verfüge über kein Ritual

Um mein Dasein zu beschützen
Vor dem Kampf und der Glut,
Dieses Universum, in dem man fickt
Ist nicht der Ort meiner Wiedergeburt.

Um den Sinn des Fleischlichen zu verlieren
Genügt es, die Augen zuzukneifen
Ich bin im Mittelpunkt des Wahren,
Ich bin diesen Orten fremd.

Puisqu'il faut que les libellules
Sectionnent sans fin l'atmosphère
Que sur l'étang crèvent les bulles,
Puisque tout finit en matière.

Puisque la peau du végétal,
Comme une moisissure obscène
Doit gangrener le minéral,
Puisqu'il nous faut sortir de scène

Et nous étendre dans la terre
Comme on rejoint un mauvais
Puisque la vieillesse est amère,
Puisque toute journée s'achève

Dans le dégoût, la lassitude,
Dans l'indifférente nature
Nous mettrons nos peaux à l'étude,
Nous chercherons le plaisir pur
Nos nuits seront des interludes
Dans le calme affreux de l'azur.

Weil es so sein muss, dass die Libellen
Ohne Ende die Atmosphäre zerschneiden
Dass im Teich Blasen zerplatzen,
Weil alles als Stoff endet.

Weil die Haut des Vegetalen
Wie in obszöner Fäulnis
Das Mineral ausschwären muss,
Weil wir von der Bühne herunter

Und uns in die Erde legen müssen
Wie man in einen bösen Traum zurücktaucht
Weil das Alter bitter ist,
Weil jeder Tag zu Ende geht

In Ekel, in Überdruss,
In der gleichgültigen Natur
Werden wir unsere Haut untersuchen lassen,
Werden wir den reinen Genuss suchen
Werden unsere Nächte Zwischenspiele sein
In der schrecklichen Stille des Blau.

Playa Blanca. Les hirondelles
Glissent dans l'air. Température.
Fin de soirée, villégiature.
Séjour en couple, individuel

Playa Blanca. Les girandoles
Enroulées sur le palmier mort
S'allument et la soirée décolle,
Les Allemandes traversent le décor.

Playa Blanca comme une enclave
Au milieu du monde qui souffre,
Comme une enclave au bord du gouffre,
Comme un lieu d'amour sans entrave.

Fin de soirée. Les estivantes
Prennent un deuxième apéritif,
Elles échangent des regards pensifs
Remplis de douceur et d'attente.

Playa Blanca. Die Schwalben
Gleiten durch die Luft. Hitze.
Später Abend, Urlaub.
Ferien zu zweit, allein

Playa Blanca. Die Lichterketten
In den Wedeln der verdorrten Palme
Leuchten auf und der Abend beginnt,
Die deutschen Frauen überqueren den Schauplatz.

Playa Blanca wie eine Enklave
In der Mitte der leidenden Welt,
Wie eine Enklave am Rand des Abgrunds,
Wie ein Ort der ungehinderten Liebe.

Später Abend. Die Sommerfrischlerinnen
Nehmen den zweiten Aperitif,
Sie tauschen nachdenkliche Blicke
Voll Sanftheit und Erwartung.

Playa Blanca, le lendemain,
Quand les estivantes se dévoilent.
Seul au milieu des êtres humains,
Je marche vers le club de voile.

Playa Blanca. Les hirondelles
Glissent au milieu de la nature.
Dernier jour de villégiature,
Transfert à partir de l'hôtel
Lufthansa. Retour au réel.

Playa Blanca am nächsten Morgen,
Wenn die Sommerfrischlerinnen sich entblättern.
Allein inmitten der Menschenwesen
Gehe ich zum Segelklub.

Playa Blanca. Die Schwalben
Gleiten mitten durch die Natur.
Letzter Urlaubstag,
Transfer vom Hotel
Lufthansa. Rückkehr ins Wirkliche.

Nous roulons protégés dans l'égale lumière
Au milieu de collines remodelées par l'homme
Et le train vient d'atteindre sa vitesse de croisière
Nous roulons dans le calme, dans un wagon Alsthom,

Dans la géométrie des parcelles de la Terre,
Nous roulons protégés par les cristaux liquides
Par les cloisons parfaites, par le métal, le verre,
Nous roulons lentement et nous rêvons du vide.

A chacun ses ennuis, à chacun ses affaires;
Une respiration dense et demi-sociale
Traverse le wagon; certains voisins se flairent,
Ils semblent écartelés par leur part animale.

Nous roulons protégés au milieu de la Terre
Et nos corps se resserrent dans les coquilles du vide
Au milieu du voyage nos corps sont solidaires,
Je veux me rapprocher de ta partie humide.

Wir fahren beschützt im gleichförmigen Licht
Umgeben von Hügeln, die der Mensch geformt hat
Und der Zug hat eben seine Reisegeschwindigkeit erreicht
Wir fahren durch die Stille, in einem Waggon der Firma Alsthom,

Durch die geometrischen Parzellen der Erde,
Wir fahren durch Flüssigkristalle geschützt
Durch vollkommene Wände, durch Metall und Glas,
Wir fahren langsam und wir träumen von der Leere.

Jedem sein Überdruss, jedem seine Geschäfte;
Ein dichter, halb sozialer Atem
Weht durch den Wagen; manche Nachbarn wittern einander,
Sie scheinen von ihren tierischen Anteilen zerrissen.

Wir fahren beschützt inmitten der Erde
Und unsere Körper kauern sich in die Muschelschalen der Leere
Inmitten der Fahrt sind unsere Körper solidarisch,
Ich will näher an deine feuchten Teile.

Des immeubles et des gens, un camion solitaire :
Nous entrons dans la ville et l'air devient plus vif ;
Nous rejoignons enfin le mystère productif
Dans le calme apaisant d'usines célibataires.

Gebäude und Leute, ein einsamer Laster:
Wir fahren hinein in die Stadt und die Luft wird lebendiger;
Endlich sind wir wieder im produktiven Mysterium
In der befriedenden Stille alleinstehender Fabriken.

III

Il faut préciser que je n’étais pas seul dans la voiture,
J’étais avec la morte ;
La nuit tournait sans bruit, comme une porte,
Nous traversions les gonds du monde ;
Les cheveux de la nuit,
L’approche du solstice,
Le corps désemparé qui transpire et qui glisse

Et la nuit était bleue
Comme un poisson nerveux,
La nuit soufflait partout,
Dans tes yeux s’allumait un regard un peu fou.

La nuit était très floue,
La nuit était partout,
Les images glissaient
Comme un rêve de craie.

Cette nuit, nous avons aperçu l’autre face.

Genauer gesagt, war ich nicht allein in dem Wagen,
Auch die Tote war darin;
Die Nacht kreiste lautlos, wie eine Tür,
Wir durchquerten die Türangeln der Welt;
Die Haare der Nacht,
Das Nahen der Sonnenwende,
Der wehrlose Körper, der schwitzt und gleitet

Und die Nacht war blau
Wie ein nervöser Fisch,
Die Nacht blies überall,
Deine Augen flammten auf, ein bisschen verrückt.

Die Nacht war sehr verschwommen,
Die Nacht war überall,
Die Bilder glitten vorüber
Wie ein kreidiger Traum.

In jener Nacht haben wir die andere Seite gesehen.

Le puits

L’enfant technologique guide le corps des hommes,
Des sociétés aveugles
Jusqu’au bord de la mort,
Le corps gémit et beugle.

C’est un puits très profond
Et c’est un vide immense,
Très dense,
On voit les particules tournoyer, s’effacer.

L’enfant n’a jamais tort,
Il marche dans la rue
Il annonce la mort
Des âmes disparues.

Nous mourrons sans pardon
Et nous disparaîtrons
Dans l’ombre immense,
L’ombre d’absence

Das technologische Kind führt den Körper der Menschen,
Der blinden Gesellschaften
Bis an den Rand des Todes,
Der Körper ächzt und brüllt.

Das ist ein sehr tiefer Brunnen
Und eine unermessliche
Sehr dichte Leere,
Man sieht die Teilchen kreisen, verlöschen.

Das Kind hat immer Recht,
Es geht durch die Straße
Es kündigt den Tod
Der verschwundenen Seelen an.

Wir werden ohne Vergebung sterben
Und werden verschwinden
Im unermesslichen Schatten,
Dem Schatten der Abwesenheit

Où le vide sépare les particules glacées,
Nos corps
Morceaux de notre mort,
Trajectoires dérisoires de fragments déplacés.

Les dernières particules
Dérivent dans le silence
Et le vide articule
Dans la nuit, sa présence.

Wo die Leere die gefrorenen Teilchen voneinander trennt,
Unsere Körper
Stücke unseres Todes,
Lächerliche Umlaufbahnen ortloser Fragmente.

Die letzten Teilchen
Treiben in der Stille
Und die Leere formuliert
In der Nacht ihr Vorhandensein.

Les Enfants de la Nuit sont les étoiles …
Les étoiles rondes et lourdes du matin ;
Comme des gouttelettes chargées de sagesse, ils tournent lentement sur eux-mêmes en émettant un chant légèrement vibrant.

Ils n’ont jamais aimé.

Die Kinder der Nacht sind die Sterne …
Die runden, schweren Sterne des Morgens;
Wie weisheitssatte Tröpfchen kreisen sie langsam auf der Stelle und lassen dabei einen sanft vibrierenden Gesang hören.

Sie haben nie geliebt.

Le premier jour de la seconde semaine, une pyramide apparut à l'horizon. Sa surface noire et basaltique nous parut d'abord parfaitement plane ; mais au bout de quelques heures de marche nous y décelâmes des nervures fines, arrondies, évoquant les circonvolutions d'un cerveau. Nous fîmes halte sous l'ombrage d'un bosquet de ficus. Geffrier remuait lentement les épaules, comme pour en chasser des insectes. Son visage allongé, nerveux, se ridait un peu plus chaque jour ; une expression d'angoisse y était maintenant constamment présente. La chaleur devenait insupportable.

Am ersten Tag der zweiten Woche tauchte am Horizont eine Pyramide auf. Ihre schwarze, basaltene Oberfläche schien uns zunächst vollkommen eben; nach einigen Stunden Marsch erkannten wir feine, kurvenförmige Ziselierungen, ähnlich den Windungen eines Gehirns. Im Schatten eines Feigengebüschs machten wir Halt. Geffrier bewegte langsam die Schultern, als wollte er Insekten verjagen. Die Falten in seinem länglichen, nervösen Gesicht wurden mit jedem Tag tiefer; es trug jetzt ständig einen ängstlichen Ausdruck. Die Hitze wurde unerträglich.

Un manchot ou un borgne portant une plaie saignante,
Poudré et perruqué à la cour du roi Louis XIV;
Il est courageux à la guerre.

Et monsieur de Villequiers continue ses petites expériences
sur les insectes …

Ein Einarmiger oder Einäugiger mit einer blutenden Wunde,
Gepudert und mit einer Perücke am Hofe Ludwigs XIV.;
Er ist im Krieg ein mutiger Kämpfer.

Und Monsieur de Villequiers stellt weiter seine kleinen Experimente mit den Insekten an …

Je suis peut-être, moi-même, un véhicule de Dieu,
Mais je n'en ai pas vraiment conscience
Et j'écris cette phrase « à titre expérimental ».

Qui suis-je ?
Tout cela ressemble à une devinette.

Ich bin vielleicht selbst sogar ein Gefäß Gottes,
Aber das ist mir nicht wirklich bewusst
Und ich schreibe diesen Satz «als Experiment».

Wer bin ich?
All das gleicht einem Rätsel.

Je referme mon stylo:
Suis-je content de ma phrase?
Mon stylo n'est pas beau,
Je veux faire table rase.

Je me jette un regard dans la posture «artiste»
Et je trouve le spectacle à peu près répugnant.
J'ai beau être un artiste, je suis quand même très triste,
Entouré de salauds qui me montrent les dents
Stylo, salaud!

C'est mon stylo, éjaculant
Des semi-vérités poussives
Qui est responsable, maintenant:
«Je cherche un monde où les gens vivent».

Ich stecke die Kappe auf meinen Füller:
Bin ich mit meinem Satz zufrieden?
Mein Füller ist nicht schön,
Ich möchte Tabula rasa machen.

Ich schaue mich in «Künstlerpositur» an
Und ich finde den Anblick ziemlich widerlich.
Künstler hin oder her, ich bin trotzdem eine traurige Erscheinung,
Umgeben von Mistkerlen, die mir die Zähne zeigen
Füller, Mistkerl!

Mein Füller, der schale
Halbwahrheiten ejakuliert,
Der hat jetzt die Verantwortung:
«Ich suche eine Welt, in der die Leute leben.»

Écrire,
Communiquer avec les hommes,
Ils sont si loin.
Jouir
(Généralement, avec sa main).
Un peu d'amour, odeur de pomme,
Partir
(Très loin, si loin. Trop loin.)

Il existe un espace insécable et fécond
Où nous vivons unis dans notre dissemblance,
Tout y est silencieux, immobile et profond,
Il existe un espace au-delà de l'enfance.

Schreiben,
Mit den Menschen kommunizieren,
Sie sind so weit weg.
Einen Orgasmus haben
(Meist dank der eigenen Hand).
Ein bisschen Liebe, Apfelduft,
Fortgehen
(Sehr weit weg, so weit weg. Zu weit weg.)

Es gibt einen unteilbaren, fruchtbaren Raum
In dem wir leben, vereint in unserer Unähnlichkeit,
Alles dort ist Stille, Reglosigkeit und Tiefe,
Es gibt einen Raum jenseits der Kindheit.

Les nuages, la nuit

Venues du fond de mon œil moite,
Les images glissaient sans cesse
Et l'ouverture était étroite,
La couverture était épaisse.

Il aurait fallu que je voie
Mon avenir différemment,
Cela fait deux ans que je bois
Et je suis un bien piètre amant.

Ainsi il faut passer la nuit
En attendant que la mort lente,
Qui avance seule et sans bruit,
Retrouve nos yeux et les sente ;

Quand la mort appuie sur vos yeux
Comme un cadavre sur la planche,
Il est temps de chercher les dieux
Disséminés. Le corps s'épanche.

Die Bilder stiegen vom Grund meines feuchten Auges auf
Und glitten ohne Unterlass vorbei
Und die Öffnung war schmal
Die Decke war dick.

Ich hätte meine Zukunft
Anders sehen sollen,
Seit zwei Jahren trinke ich
Und ich bin ein jämmerlicher Liebhaber.

So heißt es die Nacht hindurch
Warten, dass der schleichende Tod,
Der still und allein sich nähert,
Unsere Augen aufspürt und sie befühlt;

Wenn der Tod einem auf die Augen drückt
Wie eine Leiche auf die Bahre,
Ist es Zeit, die zerstreuten
Götter zu suchen. Der Körper ergießt sich.

Nous avons établi un rapport diagonal
Sous la présence obscure, incertaine des bouleaux
Griffus, dans le silence impur et vertical
Qui nous enveloppait comme une eau
Lustrale.

Le désir entourait nos vies comme une flamme,
Nous avons accepté de lui servir de mèche
Je ne soupçonnais pas ce que peut une femme,
Loin de tes lèvres mes lèvres devenaient vite sèches
Et mortes.

Seul sur le canapé la nuit est étouffante,
Il me semble que la nuit est chaque fois plus sombre ;
Je craque une allumette; la flamme jaillit, tremblante,
Les images du passé se croisent entre les ombres,
Mobiles.

Je revois les bouleaux,
Ce soir
Je me verse un peu d'eau,
Je suis seul dans le noir.

Wir haben eine diagonale Beziehung aufgebaut

Unter der dunklen, ungewissen Gegenwart der
Krallenbewehrten Birken, im unreinen, vertikalen Schweigen
Das uns umhüllte wie ein Wasser, ein
Reinigendes.

Das Begehren umkreiste unsere Leben wie eine Flamme,
Wir dienten ihm willig als Docht
Ich hatte keine Ahnung gehabt, was eine Frau sein kann,
Fern deiner Lippen trockneten meine Lippen bald ein
Und verdorrten.

Allein auf dem Sofa, nimmt mir die Nacht die Luft,
Mir ist, als würde die Nacht jedesmal dunkler;
Ich reiße ein Streichholz an; die Flamme steigt auf, bebend,
Die Bilder der Vergangenheit begegnen einander zwischen den Schatten,
Regsam.

Ich sehe die Birken wieder,
Heute Abend
Ich gieße mir etwas Wasser ein,
Ich bin allein im Finsteren.

Parade

Suspendu à ta parole,
Je marchais sur la place au hasard
Les cieux s'ouvraient, et je devais jouer un rôle
Quelque part.

Déployée, la cascade morte
Répandait des fragments de gel
Autour de mon artère aorte,
Je me sentais superficiel.

Volcan de paroles superflues,
Oubli des relations humaines
Un monde existe où l'on se tue,
Un monde existe entre nos veines.

L'aveu de ce monde est facile
Si l'on fait le deuil du bonheur
La parole n'est pas inutile,
Elle arrive juste avant l'heure

An deinen Worten hängend
Streifte ich ziellos über den Platz
Die Himmel brachen auf, und ich musste eine Rolle spielen
Irgendwo.

Aufgefächert, verstreute der tote Springbrunnen
Eisbröckchen ringsum
In der Gegend meiner Aorta
Fühlte ich mich oberflächlich.

Vulkan überflüssiger Worte,
Vergessenheit der menschlichen Beziehungen
Es gibt eine Welt, in der man sich umbringt,
Es gibt eine Welt zwischen unseren Adern.

Das Zugeständnis dieser Welt fällt leicht
Wenn man um das Glück Trauer trägt
Das Wort ist nicht vergeblich,
Es kommt gerade noch vor der Stunde

Où les fragments de vie implosent,
Se rangent dans la sérénité
Au fond d'une bière décorée
Velours frappé, vieux bois, vieux rose.

Velours comme une limonade
Qui grésille en surface de peau,
Criblée comme une peau nomade
Qui se déchire en fins lambeaux

Dans un univers de parade,
Un univers où tout est beau
Dans un univers de parade,
Dans un univers en lambeaux.

In der die Bruchstücke des Lebens implodieren,
Sich heiter anordnen
Am Grunde eines dekorierten Bierglases
Geprägter Samt, altes Holz, Altrosa.

Samt wie eine Limonade
Die auf der Oberfläche der Haut prickelt,
Die durchlöchert ist wie die Haut eines Nomaden
Die zu feinen Fetzen zerreißt

In einem Parade-Universum,
Einem Universum, in dem alles schön ist
In einem Parade-Universum,
In einem Universum in Fetzen.

Pascale

Elle tremblait en face de moi, et j'avais l'impression que le monde entier tremblait.
(Fiction émotionnelle, une fois de plus.)

Sie zitterte vor mir, und mir war, als würde
die ganze Welt zittern.
(Emotionale Fiktion, mal wieder.)

Une fin de vie solitaire,
Le chemin devient transparent
Et je n'ai plus un seul parent :
Une île enfoncée dans la mer.

Ein einsames Lebensende,

Der Weg wird transparent
Und ich habe keinen Verwandten mehr:
Eine im Meer versunkene Insel.

Nous n'avons plus beaucoup le temps de vivre,
Mon amour
Éteins donc la radio,
Pour toujours.

Tu as toujours vécu par procuration,
Sans friction
Et si lisse,
La vie s'en va et le corps glisse
Dans l'inconnu,
La vie est nue.

Essayons d'oublier les anciens adjectifs
Et les catégories ;
La vie est mal connue et nous restons captifs
De notions mal finies.

Wir haben nicht mehr lange Zeit zu leben,
Meine Geliebte
Also mach das Radio aus,
Für immer.

Du hast immer nur durch andere gelebt,
Ohne Reibung
Und so glatt,
Das Leben geht fort und der Körper gleitet
Ins Unbekannte,
Das Leben ist nackt.

Versuchen wir, die alten Adjektive zu vergessen
Und die Kategorien;
Das Leben ist wenig bekannt und wir bleiben Gefangene
Schlecht ausgearbeiteter Begriffe.

Le temps sur Venise est bien lourd
Et je te sens un peu nerveuse :
Calme-toi un peu, mon amour,
Je te lécherai les muqueuses.

Il y aura des années à vivre
Si nous restons des enfants sages ;
Nous pouvons aussi lire des livres :
Regarde, mon amour, c'est l'orage.

J'aime ton goût un peu salé,
J'en ai besoin deux fois par jour ;
Je me laisse complètement aller :
Regarde, c'est la mort, mon amour.

Das Wetter in Venedig ist ziemlich drückend
Und ich spüre, dass du ein bisschen nervös bist:
Beruhige dich ein bisschen, meine Liebste,
Ich werde dir die Schleimhäute lecken.

Wir werden noch viele Jahre zu leben haben
Wenn wir brave Kinder bleiben;
Wir können auch Bücher lesen;
Schau, meine Liebste, da ist das Gewitter.

Ich mag deinen leicht salzigen Geschmack,
Ich brauche ihn zweimal pro Tag;
Ich lasse mich vollkommen gehen:
Schau, da ist der Tod, meine Liebste.

Crépuscule

Les masses d’air soufflaient entre les bosquets d’yeuses,
Une femme haletait comme en enfantement
Et le sable giflait sa peau nue et crayeuse,
Ses deux jambes s’ouvraient sur mon destin d’amant.

La mer se retira au-delà des miracles
Sur un sol noir et mou où s’ouvraient des possibles
J’attendais le matin, le retour des oracles,
Mes lèvres s’écartaient pour un cri invisible

Et tu étais le seul horizon de ma nuit ;
Connaissant le matin, seuls dans nos chairs voisines,
Nous avons traversé, sans souffrance et sans bruit,
Les peaux superposées de la présence divine

Avant de pénétrer dans une plaine droite
Jonchée de corps sans vie, nus et rigidifiés,
Nous marchions côte à côte sur une route étroite,
Nous avions des moments d’amour injustifié.

Die Luftmassen strömten zwischen den Steineichen-Hainen,
Eine Frau hechelte wie beim Gebären
Und der Sand peitschte ihre bloße, kreideweiße Haut,
Ihre Beine spreizten sich vor meinem Liebhaber-Schicksal.

Das Meer zog sich jenseits der Wunder zurück
Über einem schwarzen, weichen Boden, in dem sich Mögliches auftat
Ich wartete auf den Morgen, die Wiederkehr der Orakel,
Meine Lippen öffneten sich zu einem unsichtbaren Schrei

Und du warst der einzige Horizont meiner Nacht;
Wir kannten den Morgen, waren allein beieinander in unserem Fleisch,
Wir haben ohne Leiden und geräuschlos
Die aufeinander liegenden Häute der göttlichen Gegenwart durchquert

Bevor wir auf eine gerade Ebene hinauskamen
Besät mit leblosen Körpern, sie waren nackt und erstarrt,
Wir gingen Seite an Seite auf einer schmalen Straße,
Wir erlebten Momente ungerechtfertigter Liebe.

IV

«Que tout ce qui luit soit détruit.»

Les habitants du Soleil jettent sur nous un regard
impassible :
Nous appartenons définitivement à la Terre
Et nous y pourrirons, mon amour impossible,
Jamais nos corps meurtris ne deviendront lumière.

Die Bewohner der Sonne bedenken uns mit einem ungerührten
Blick:
Wir gehören definitiv der Erde
Und werden auf ihr verrotten, meine unmögliche Liebe,
Nie werden unsere geschundenen Körper zu Licht.

Il n'y a pas de responsable
Au malheur de l'humanité,
Il y a un plan délimité
Qui unit les premières années, les promenades sous les marronniers, les cartables.

En moi quelque chose s'est brisé
Hier au petit déjeuner,
Deux êtres humains de cent kilos
Parlaient estomac et radios.

Il lui disait : « Tu es méchante …
J'ai plus longtemps à vivre, alors fais-moi plaisir ».
Mais son vieux corps usé ne connaissait plus le plaisir,
Il ne connaissait que la honte,
La honte et la difficulté à se mouvoir,
Et l'étouffement dans la chaleur du soir.

Ainsi ces deux qui avaient vécu,
Qui avaient peut-être donné la vie,
Terminaient leur vie dans la honte.

Es gibt keinen Verantwortlichen
Für das Unglück der Menschheit,
Es gibt einen beschränkten Plan
Der die ersten Jahre umfasst, Spaziergänge unter
Kastanienbäumen, Schulranzen.

In mir ist etwas zerbrochen
Gestern beim Frühstück,
Zwei Menschenwesen von hundert Kilo
Sprachen über Verdauung und Radios.

Er sagte zu ihr: «Du bist gemein …
Ich habe nicht mehr lang zu leben, also bitte, mir zuliebe.»
Aber sein alter, verbrauchter Körper kannte den Genuss nicht mehr,
Er kannte nur noch Scham,
Scham, und mühsame Bewegungen,
Und Atemnot in der abendlichen Hitze.

So beendeten diese beiden, die gelebt,
Die vielleicht Leben gegeben hatten,
Ihr Leben in der Scham.

Je ne savais que penser. Peut-être il ne faudrait pas vivre,
La recherche du plaisir est décrite dans les livres,
Elle conduit au malheur
De toute éternité.

Mais, cependant, ils étaient là, ce vieux couple.
« Il faut parfois se faire plaisir », disait-il
Et quand on voyait les replis de la chair de son épouse
On accordait la prostitution et le massage
A son vieux sexe usé.
« Il n'en avait plus, de toute façon, que pour quelques années. »

Entre ces deux êtres il n'y avait aucun espace de rêve,
Aucune manière de supporter la décrépitude
De faire de l'usure des corps une douce habitude
Ils existaient,
Ils demandaient la trêve,
Un espace de trêve
Pour leurs vieux corps usés,
La trêve toutes les nuits leur était refusée.

Ich wusste nicht, was ich davon halten sollte. Vielleicht sollte man nicht leben,
Das Streben nach Genuss ist in Büchern beschrieben,
Es führt zum Unglück
In aller Ewigkeit.

Aber dennoch, sie waren da, dieses alte Paar.
«Manchmal muss man nett zu sich sein», sagte er
Und wenn man sich die Faltenwürfe des Fleisches seiner Frau ansah
Gönnte man seinem alten, abgenutzten Geschlechtsteil
Prostitution und Massage.
«Er hatte sowieso nur noch ein paar Jahre.»

Zwischen diesen beiden Lebewesen war keinerlei Raum mehr für Träume,
Keinerlei Art, den Verfall zu ertragen
Aus dem Niedergang der Körper eine sanfte Gewohnheit zu machen
Sie lebten,
Sie baten um eine Feuerpause,
Einen Raum für eine Feuerpause
Für ihre alten, abgenutzten Körper,
Die Feuerpause wurde ihnen allnächtlich verwehrt.

Djerba « la douce »

Un vieillard s'entraînait seul sur le mini-golf
Et des oiseaux chantaient sans aucune raison ;
Était-ce le bonheur d'être au camping du Golfe ?
Était-ce la chaleur? Était-ce la saison ?

Le soleil projetait ma silhouette noire
Sur une terre grise, remuée récemment ;
Il faut interpréter les signes de l'histoire
Et le dessin des fleurs, si semblable au serpent.

Un deuxième vieillard près de son congénère
Observait sans un mot les vagues à l'horizon
Comme un arbre abattu observe sans colère
Le mouvement musclé des bras du bûcheron.

Vers mon ombre avançaient de vives fourmis rousses,
Elles entraient dans la peau sans causer de souffrance ;
J'eus soudain le désir d'une vie calme et douce
Où l'on traverserait mon intacte présence.

Ein Greis trainierte alleine Mini-Golf
Und Vögel sangen ohne jeden Grund;
Lag es am Glück, auf dem Campingplatz «du Golfe» zu sein?
Lag es an der Hitze? Oder an der Jahreszeit?

Die Sonne projizierte meine schwarze Gestalt
Auf graue Erde, die kürzlich bewegt worden war;
Man muss die Zeichen der Geschichte deuten
Und die Zeichnungen der Blumen, denen der Schlangen so ähnlich.

Ein zweiter Greis in der Nähe seines Artgenossen
Beobachtete wortlos die Wellen am Horizont
So, wie ein gefällter Baum ohne Wut
Die Regungen des Muskelarms des Holzfällers betrachtet.

Auf meinen Schatten krabbelten lebhafte rote Ameisen zu,
Sie drangen in die Haut ein, ohne Leiden zu verursachen;
Plötzlich sehnte ich mich nach einem stillen, sanften Leben
In dem man mich durchqueren und unversehrt lassen könnte.

Soir sans brume

Quand j'erre sans notion au milieu des immeubles
Je vois se profiler de futurs sacrifices
J'aimerais adhérer à quelques artifices,
Retrouver l'espérance en achetant des meubles

Ou bien croire à l'islam, sentir un Dieu très doux
Qui guiderait mes pas, m'emmènerait en vacances
Je ne peux oublier cette odeur de partance
Entre nos mots tranchés, nos vies qui se dénouent.

Le processus du soir articule les heures ;
Il n'y a plus personne pour recueillir nos plaintes ;
Entre les cigarettes successivement éteintes,
Le processus d'oubli délimite le bonheur.

Quelqu'un a dessiné le tissu des rideaux
Et quelqu'un a pensé la couverture grise
Dans les plis de laquelle mon corps s'immobilise ;
Je ne connaîtrai pas la douceur du tombeau.

Wenn ich ohne Begriffe zwischen den Häusern irre
Sehe ich, wie sich zukünftige Opfer abzeichnen
Ich würde gern trickreiche Künste beherrschen,
Hoffnung schöpfen, indem ich Möbel kaufe

Oder an den Islam glauben, einen sehr sanften Gott verspüren
Der meine Schritte leiten würde
Ich kann diesen Geruch von Abschied nicht vergessen
Zwischen unseren abgeschnittenen Wörtern, unseren Leben, die sich entwirren.

Der Ablauf des Abends artikuliert die Stunden;
Niemand mehr ist da, unsere Klagen zu vernehmen;
Zwischen den nacheinander verlöschenden Zigaretten,
Umgrenzt der Ablauf des Vergessens das Glück.

Jemand hat den Vorhangstoff entworfen
Und jemand hat sich die graue Hülle ausgedacht
In deren Falten mein Körper erstarrt;
Ich werde das Labsal des Grabes nicht erleben.

Perception-Digestion

Quand la vie a cessé d’offrir de nouveaux mondes
Au regard étonné, quand la vie ne sait plus
Que ressasser des phrases étroites et peu fécondes
Quand les journées se meurent, quand s’arrêtent les flux

Au milieu des objets secs et définitifs
Un sac de perception se déplie et s’oriente,
Se gonfle et se dégonfle au rythme primitif
Des poumons fatigués par la journée violente.

Il n’y a pas de sagesse blottie au fond des corps
Et la respiration ne libère que du vide
En pleine digestion tout redevient effort,
Le poids léger des os nous entraîne vers le vide.

Le poids léger des os finit par nous offrir
Comme une alternative au choc des parasites
Qui se nourrissent de peau, et pourquoi tant souffrir ?
Un peu de vie résiste et s’éteint dans la bite.

Wenn das Leben aufgehört hat, dem erstaunten Blick
Immer neue Welten darzubieten, wenn das Leben nur noch
Schmale, kaum mehr fruchtbare Sätze wiederkäuen kann
Wenn die Tage sterben, wenn alles Fließen innehält

Entfaltet und orientiert sich inmitten der trockenen, endgültigen
Gegenstände ein Wahrnehmungssack,
Er bläht sich im primitiven Rhythmus
Der vom heftigen Tag erschöpften Lunge.

Es gibt keine Weisheit, die tief in den Körpern kauert
Und die Atmung setzt nur Leere frei
Mitten bei der Verdauung wird alles wieder zu Arbeit,
Das leichte Gewicht der Knochen zieht uns der Leere entgegen.

Das leichte Gewicht der Knochen bietet uns schließlich etwas
Wie eine Alternative zum Anprall der Parasiten
Die sich von Haut ernähren, und wozu so viel leiden?
Ein bisschen Leben widersteht und verlöscht im Schwanz.

Le vieux taré

J’aurai quand même aimé, de temps en temps, ce monde,
L’imbécile clarté du soleil matinal
S’appliquant à tiédir mes chairs horizontales,
J’aurai parfois senti la douceur des secondes

La chaleur des étreintes et le plaisir connexe
De deux peaux qui s’effleurent; les doigts timides et
blancs;
J’aurai senti le cœur qui fait battre le sang
Et le flot de bonheur qui envahit le sexe.

A l’abri d’un transat, sous le ciel bleu et sombre,
J’aurai surtout songé à la fusion des corps
A ces petits moments qui précèdent la mort,
Au désir qui s’éteint quand s’allongent les ombres.

Immerhin werde ich, jedenfalls manchmal, diese Welt geliebt haben
Die blödsinnige Helligkeit der Morgensonne
Die mein liegendes Fleisch zu wärmen versucht
Ich werde manchmal die Sanftheit der Sekunden gespürt haben

Die Wärme der Umarmungen und den gleichzeitigen Genuss
Zweier Häute, die sich streifen ; schüchterne, weiße
Finger;
Ich werde das Herz gespürt haben, das das Blut zum Pochen bringt
Und die Welle des Glücks, die in das Geschlechtsteil spült.

Im Schutz eines Liegestuhls, unter dem blauen, dunklen Himmel,
Werde ich vor allem an das Verschmelzen der Körper gedacht haben
An diese kleinen Momente, die dem Tod vorausgehen,
An das Begehren, das verlöscht, wenn die Schatten länger werden.

Découvrant l’existence humaine

Comme on soulève un pansement
J’ai marché entre peur et haine
Journellement, journellement.

Les marronniers perdaient leurs feuilles,
Je perdais mes enchantements ;
Fin de journée, état de deuil :
Seul dans la cour, je serre les dents.

J’ai dû m’acheter un couteau
Le lendemain de mes quinze ans ;
J’aurais aimé être très beau :
Naturellement, naturellement.

Als ich die menschliche Existenz entdeckte

So, wie man ein Pflaster abzieht
Bin ich zwischen Angst und Hass gewandert
Tagaus, tagein.

Die Kastanien verloren ihr Laub,
Ich verlor meine Begeisterungen;
Ende des Tages, Zustand von Trauer;
Allein auf dem Hof, beiße ich die Zähne zusammen.

Ich habe mir ein Messer kaufen müssen
Am Morgen nach meinem fünfzehnten Geburtstag;
Ich wäre gern sehr schön gewesen;
Natürlich, natürlich.

Il y avait un mur et un train,
Je pouvais te voir tous les jours
Je rêvais de faire l'amour :
Interrogations sans frein.

Présence de la voie ferroviaire
Qui rythmait mes déplacements,
Je marchais parfois à l'envers :
Cette impression d'avoir le temps,
A treize ans.

Es gab eine Mauer und einen Zug,
Ich konnte dich jeden Tag sehen
Ich träumte davon, Liebe zu machen:
Klassenarbeiten ununterbrochen.

Gegenwart des Schienenstrangs
Der meinen Ortsveränderungen den Takt gab,
Manchmal ging ich rückwärts:
Dieser Eindruck, man hätte Zeit,
Mit dreizehn.

La première fois que j'ai fait l'amour c'était sur une plage,
Quelque part en Grèce
La nuit était tombée
Cela paraît romantique
Un peu exagéré,
Mais cependant c'est vrai.

Et il y avait les vagues,
Toujours les vagues
Leur bruit était très doux,
Mon destin était flou.

La veille au matin j'avais nagé vers une île
Qui me paraissait proche
Je n'ai pas atteint l'île
Il y avait un courant,
Quelque chose de ce genre
J'ai mis longtemps à revenir
Et j'ai bien cru mourir
Je me sentais très triste
A l'idée de me noyer,
La vie me semblait longue

Meinen ersten Sex hatte ich an einem Strand,

Irgendwo in Griechenland
Es war schon Nacht
Es klingt romantisch
Ein bisschen übertrieben,
Aber es ist wahr.

Und da waren die Wellen,
Immer die Wellen
Ihr Geräusch war sehr sacht,
Mein Schicksal war unbestimmt.

Morgens zuvor war ich zu einer Insel geschwommen
Die mir nah schien
Ich erreichte die Insel nicht
Es gab eine Strömung,
Etwas in dieser Art
Ich habe lange gebraucht zum Zurückschwimmen
Und dachte wirklich, jetzt müsse ich sterben
Ich war sehr traurig
Bei dem Gedanken, ich würde ertrinken,
Das Leben schien mir so lang

Et très ensoleillée
Je n'avais que dix-sept ans,
Mourir sans faire l'amour
Me paraissait bien triste.

Faut-il toucher la mort
Pour connaître la vie ?
Nous avons tous des corps
Fragiles, inassouvis.

Und sehr sonnig
Ich war erst siebzehn,
Sterben, ohne jemals Sex gehabt zu haben
Kam mir sehr traurig vor.

Muss man an den Tod rühren
Um das Leben kennen zu lernen?
Wir alle haben zerbrechliche,
Ungestillte Körper.

Fin de soirée, les vagues glissent
Sur le métal du casino
Et le ciel vire à l’indigo,
Ta robe est très haut sur les cuisses.

Camélia blanc dans une tresse
De cheveux lourds et torsadés,
Ton corps frémit sous les caresses
Et la lune est apprivoisée.

Später Abend, die Wellen gleiten
Über das Metall des Casinos
Und der Himmel tönt sich indigo,
Dein Kleid sitzt sehr hoch an deinen Schenkeln.

Weiße Kamelie in einem Zopf
Schweres, gedrehtes Haar,
Dein Körper bebt unter den Liebkosungen
Und der Mond ist gezähmt.

Cheveux dénoués

Elle me regarde avec confiance,
Corsage échancré.

Le lit est défait,
Des oiseaux marchent entre les cèdres;
Nous sommes dimanche.

Visage dans la glace,
Il faut préparer le café
La poubelle est pleine.

Son regard durcit,
Sa main attrape la valise;
Tout est de ma faute.

Le mendiant vomit,
Quelques passagers s'écartent
Le métro arrive.

Gelöstes Haar

Sie schaut mich vertrauensvoll an,
Ausgeschnittene Bluse.

Das Bett ist zerwühlt,
Vögel stelzen zwischen den Zedern;
Wir haben Sonntag.

Gesicht im Spiegel,
Der Kaffee muss gekocht werden
Der Mülleimer ist voll.

Ihr Blick verhärtet sich,
Ihre Hand greift den Koffer;
Alles ist meine Schuld.

Der Bettler erbricht sich,
Ein paar Passanten treten beiseite
Die Metro kommt.

L'aurore est une alternative,
Se disait souvent Annabelle
La journée était une dérive,
La nuit était souvent cruelle.

Entre les sandales de plastique
Que son père appelait des méduses
Glissaient des ombres égocentriques ;
Les organes fonctionnent, puis ils s'usent.

Chaque aurore était un adieu
Aux souvenirs de sa jeunesse,
Elle vivait sans avoir de lieu
Et l'errance était sa maîtresse.

Elle chantonnait dans la cuisine
En se préparant des salades.
Midi! Devant sa vie en ruine,
Elle caressait son corps malade.

Das Morgenrot ist eine Alternative,
Dachte Annabelle oft
Der Tag war ein Dahintreiben,
Die Nacht war oftmals grausam.

Zwischen den Plastiksandalen
Die ihr Vater Quallen nannte
Glitten egozentrische Schatten einher;
Die Organe funktionieren, dann verschleißen sie.

Jedes Morgenrot war ein Lebewohl
An ihre Jugenderinnerungen,
Sie lebte, ohne stattzufinden
Und das Umherirren war ihre Geliebte.

Sie trällerte in der Küche
Wenn sie sich Salat machte.
Mittag! Vor ihrem in Trümmern liegenden Leben
Streichelte sie ihren kranken Körper.

Elle vivait dans une bonbonnière
Avec du fil et des poupées,
Le soleil et la pluie passaient sans s'arrêter sur sa petite maison,
Il ne se passait rien que le bruit des pendules
Et les petits objets brodés
S'accumulaient pour ses neveux et ses nièces

Car elle avait trois sœurs
Qui avaient des enfants,
Depuis sa peine de cœur
Elle n'avait plus d'amant
Et dans sa bonbonnière
Elle cousait en rêvant.

Autour de sa maison il y avait des champs
Et de grands talus d'herbe,
Des coquelicots superbes,
Où elle aimait parfois à marcher très longtemps.

Sie lebte in einer Bonbonnière
Mit Nähfaden und Puppen,
Sonne und Regen zogen vorbei, ohne bei ihrem Häuschen innezuhalten,
Es ereignete sich außer dem Ticken der Standuhren nichts
Und die kleinen bestickten Stücke
Sammelten sich für ihre Neffen und Nichten

Denn sie hatte drei Schwestern
Die Kinder hatten,
Seit ihrem Herzeleid
Hatte sie keinen Liebsten mehr gehabt
Und in ihrer Bonbonnière
Nähte sie träumend.

Ihr Haus war von Feldern umgeben
Und von lang gestreckten, grasbewachsenen Böschungen,
Von wunderschönem Klatschmohn,
Und dort ging sie gern manchmal sehr lange spazieren.

Le soleil tombe
Et je résiste
Au bord des tombes,
Bravo l'artiste!

La lune est morte,
Morte de froid
Mais que m'importe!
Je suis le roi.

Le jour se lève
Comme un ballon
Qui monte et crève
A l'horizon,

Qui dégouline
De vapeurs grises,
Dans la cuisine
Je m'amenuise.

Die Sonne sinkt
Und ich widerstehe
Am Rande der Gräber,
Bravo dem Künstler!

Der Mond ist tot,
Er ist erfroren
Doch was macht mir das aus!
Ich bin der König.

Der Tag steigt auf
Wie ein Ballon
Der auffliegt und platzt
Am Horizont,

Aus dem es tropft:
Graue Dämpfe,
In der Küche
Schwinde ich dahin.

Des vitres courbées sur la mer,
Et l'immense océan des plaines
S'étendait, gelé par l'hiver ;
En moi il n'y avait plus la haine.

Les branches courbées souplement
Sous la neige douce et mortelle
Tracent un nouvel encerclement ;
Un souvenir me revient d'elle.

Zum Meer hin gewölbte Scheiben,
Und der unendliche Ozean der Ebenen
Erstreckte sich, vom Winter gefroren;
In mir war nur noch Hass.

Die unter dem sanften und tödlichen Schnee
Elastisch sich biegenden Zweige
Beschreiben eine erneute Umzingelung;
Mir kommt eine Erinnerung an sie hoch.

Souviens-toi mon petit le lac était si calme,
Chacun de tes sourires me remplissait le cœur
Tu m’as montré le cygne, un léger bruit de palmes
Et dans tes yeux levés je lisais le bonheur.

Erinnere dich mein Kleines der See lag so still,
Dein Lächeln erfreute jedes Mal mein Herz
Du hast mir einen Schwan gezeigt, sachtes Plätschern der Schwimmhäute
Und in deinen Augen las ich das Glück.

On se réveillait tôt, rappelle-toi ma douce ;
La mer était très haute et moussait sous la lune
On partait tous les deux, on s'échappait en douce
Pour voir le petit jour qui flottait sur les dunes.

Le matin se levait comme un arbre qui pousse,
Dans la ville endormie nous croisions des pêcheurs
Nous traversions des rues sereines de blancheur

Bénédiction de l'aube, joie simple offerte à tous,
Nos membres engourdis frissonnaient de bonheur
Et je posais ma main à plat contre ton cœur.

Wir wachten früh auf, erinnere dich, meine Süße;
Die Flut stand sehr hoch und schäumte unter dem Mond
Wir gingen zusammen los, machten uns heimlich aus dem Staub
Um den frühen Morgen zu sehen, der über den Dünen trieb.

Der Tag brach an, wie ein Baum wächst,
In der schlafenden Stadt liefen wir Fischern über den Weg
Wir gingen über heiter-weiße Straßen;

Segnung der Frühe, schlichte Freude, allen dargeboten,
Unsere schlafstarren Glieder bebten vor Glück
Und ich legte meine Hand flach auf dein Herz.

Cérémonies, soleils couchants,
Puis la constellation du Cygne
Et la sensation d'être indigne,
L'impossibilité du chant.

Tes yeux sont le miroir du monde
Marie, maîtresse des douleurs,
Marie qui fait battre le cœur ;
A travers toi, la Terre est ronde.

Il n'y a pas de gouffre limite
Où hurlent les eaux de terreur,
Le temps se replie et habite
Dans l'espace de ta douceur,

Dans l'espace de ta splendeur,
Le temps se replie et habite
Une maison de pure douceur,
Le temps capturé par les rites

Zeremonien, untergehende Sonnen,
Dann das Sternbild Schwan
Und die Empfindung, unwürdig zu sein,
Die Unmöglichkeit des Gesangs.

Deine Augen sind der Spiegel der Welt
Marie, Herrin der Schmerzen,
Marie, die das Herz schlagen lässt;
Durch dich ist die Erde rund.

Es gibt keinen äußersten Abgrund
In dem die Schreckenswasser kreischen,
Die Zeit faltet sich ein und wohnt
Im Raum deiner Sanftheit,

Im Raum deines Glanzes,
Die Zeit faltet sich ein und wohnt
In einem Haus aus reiner Sanftheit,
Die von den Ritualen eingefangene Zeit

Nous enveloppe dans sa blancheur
Et sur nos lèvres unies palpite
Un chant muet, géométrique,

D'une déchirante douceur
Un accord parfait, authentique,
Un accord au fond de nos cœurs.

Hüllt uns in ihre Weißheit
Und auf unseren vereinigten Lippen pocht
Ein stummer, geometrischer Gesang,

Von herzzerreißender Sanftheit
Ein vollkommener, authentischer Einklang,
Ein Einklang tief in unseren Herzen.

Les pins, les nuages et le ciel
Se reflètent en foyers mobiles
Un bref croisement de pupilles,
Chacun repart vers l'essentiel.

La souple surface des prés
Imite la peau cervicale,
La journée s'agite et s'étale ;
Retour au calme. Le jeu diapré

Des masses d'air en flaques huileuses
Qui circulent entre les collines
Capte nos intuitions, les ruine ;
L'après-midi est amoureuse.

Les noyaux de conscience du monde
Circulent sur leurs pattes arrière
Entre l'espace et sa lisière ;
Chacun sait que la Terre est ronde.

Die Kiefern, die Wolken und der Himmel
Spiegeln sich in mobilen Heimen
Ein kurzes Kreuzen der Pupillen,
Jeder begibt sich wieder an das Wesentliche.

Die geschmeidige Oberfläche der Wiesen
Imitiert die Hirnhaut,
Der Tag regt sich und breitet sich aus;
Rückkehr zur Ruhe. Das schillernde Spiel

Der Luftmassen, wie Öllachen,
Die zwischen den Hügeln zirkulieren
Fängt unsere Intuitionen, ruiniert sie;
Der Nachmittag ist verliebt.

Die Kerne des Bewusstseins der Welt
Zirkulieren auf ihren Hinterbeinen
Zwischen dem Raum und seinem Saum;
Jeder weiß, dass die Erde rund ist.

Chacun sait qu'il y a l'espace
Et que son ultime surface
Est dans nos yeux, et nous ressemble
(Ou qu'il ressemble à nos cerveaux,
Comme le modèle au tableau);
Quand nous tremblons, le monde tremble.

Jeder weiß, dass es den Raum gibt
Und dass seine äußerste Oberfläche
In unseren Augen und uns ähnlich ist
(Oder dass sie unseren Hirnen ähnlich ist,
Wie das Modell dem Bild);
Wenn wir erzittern, zittert die Welt.

L'anneau de nos désirs
Se formait en silence
Il y a eu un soupir,
L'écho d'une présence.

Quand nous traverserons la peur
Un autre monde apparaîtra
Il y aura de nouvelles couleurs
Et notre cœur se remplira
De souffles qui seront des senteurs.

Der Ring unserer Wünsche
Bildete sich still
Es gab ein Seufzen,
Den Widerhall einer Gegenwart.

Wenn wir die Angst durchqueren werden
Wird eine andere Welt erscheinen
Es wird neue Farben geben
Und unser Herz wird sich füllen
Mit Atemzügen, die Düfte sein werden.

Les semaines du calendrier, les murs
Les lundis broyés sans murmure
Les semaines et leur succession
Inévitable et sans passion
Les semaines,
Les heures
Sans haine,
Meurent.

Soleil,
Soleil sur la mer
Plus rien n'est pareil;
Matinées bleues en solitaire,
Je m'émerveille entre les pins;
La journée a le goût d'une naissance sans fin;
Alcools inépuisables, purifiés, de la Terre.

Die Wochen des Kalenders, die Mauern
Ohne Gemurmel zermahlene Montage
Unbeirrbar, leidenschaftslos:
Die Woche und ihre Abfolge
Die Wochen,
Die Stunden
Sterben
Hasslos.

Sonne,
Sonne auf dem Meer
Nichts ist mehr gleich;
Blaue Morgen, einsiedlerisch,
Ich staune zwischen den Kiefern;
Der Tag schmeckt wie eine endlose Geburt;
Unerschöpfliche, gereinigte Alkohole der Erde.

Il y a un chemin, une possibilité de chemin
Et il y a également un signe
Qui est donné à certains,
Mais certains sont indignes

Entre les fleurs du canapé
Mes yeux se frayaient un chemin
Je renonce à me disculper,
Il y a l'œil et puis la main.

La possibilité de vivre
Commence dans le regard de l'autre
Tes yeux m'aspirent et je m'enivre,
Je me sens lavé de mes fautes.

La délivrance, je sens venir la délivrance
Et la vie libre, où se tient-elle ?
Certaines minutes sont vraiment belles,
Je reconnais mon innocence.

Es gibt einen Weg, einen möglichen Weg
Und es gibt auch ein Zeichen
Das manchen gegeben wird,
Aber andere sind unwürdig.

Zwischen den Blumen des Sofas
Bahnten meine Augen sich einen Weg
Ich verzichte darauf, mich zu entschuldigen,
Es gibt das Auge und dann die Hand.

Die Möglichkeit zu leben
Beginnt im Blick des anderen
Deine Augen saugen mich an und es steigt mir zu Kopf,
Ich fühle mich von meinen Verfehlungen reingewaschen.

Die Erlösung, ich spüre die Erlösung kommen
Und das freie Leben, wo bleibt es?
Manche Minuten sind wirklich schön,
Ich erkenne meine Unschuld.

17–23

Cette manière qu'avait Patrick Hallali de persuader les filles
De venir dans notre compartiment
On avait dix-sept dix-huit ans
Quand je repense à elles, je vois leurs yeux qui brillent.

Et maintenant pour adresser la parole à une autre personne, à une autre personne humaine
C'est tout un travail, une gêne
(Au sens le plus fort de ces mots, au sens qu'ils ont dans les lettres anciennes).

Solitude de la lumière
Au creux de la montagne,
Alors que le froid gagne
Et ferme les paupières.

Diese Art, mit der Patrick Hallali die Mädchen überreden
konnte
In unser Abteil zu kommen
Wir waren siebzehn achtzehn
Wenn ich an sie denke, sehe ich ihre glänzenden Augen vor mir.

Und jetzt, wenn ich an eine andere Person das Wort richten will,
an eine andere menschliche Person
Ist es regelrecht Schwerarbeit, Hemmung
(Im stärksten Sinn dieser Worte, in dem Sinn, wie sie in den
alten Schriften gebraucht werden).

Einsamkeit des Lichts
In der Mulde des Gebirges,
Während die Kälte die Lider
Erobert und schließt.

Jusqu'au jour de notre mort,
En sera-t-il ainsi?
Le corps vieilli n'en désire pas moins fort
Au milieu de la nuit

Corps tout seul dans la nuit,
Affamé de tendresse,
Le corps presque écrasé sent que renaît en lui une
déchirante jeunesse.

Malgré les fatigues physiques,
Malgré la marche d'hier
Malgré le repas «gastronomique»,
Malgré les litres de bière

Le corps tendu, affamé de caresses et de sourires,
Continue à vibrer dans la lumière du matin
Dans l'éternelle, la miraculeuse lumière du matin
Sur les montagnes.

Wird es so sein
Bis zum Tag unseres Todes?
Der gealterte Körper begehrt nicht weniger
Inmitten der Nacht

Körper ganz allein in der Nacht,
Hungernd nach Zärtlichkeit,
Der fast erdrückte Körper spürt, dass in ihm eine
herzzerreißende Jugend wiedergeboren wird.

Trotz der physischen Erschöpfung,
Trotz des Marsches gestern
Trotz der «gastronomischen» Mahlzeit,
Trotz literweise Bier

Der gespannte, nach Liebkosungen und Lächeln hungernde Körper
Bebt weiter im Licht des Morgens
Im ewigen, wundersamen Licht des Morgens
Auf den Bergen.

L'air un peu vif, l'odeur de thym :
Ces montagnes invitent au bonheur
Le regard se pose, va plus loin :
Je m'efforce de chasser la peur.

Je sais que tout mal vient du moi,
Mais le moi vient de l'intérieur
Sous l'air limpide, il y a la joie
Mais sous la peau, il y a la peur.

Au milieu de ce paysage
De montagnes moyennes-élevées
Je reprends peu à peu courage,
J'accède à l'ouverture du cœur
Mes mains ne sont plus entravées,
Je me sens prêt pour le bonheur.

Die Luft etwas rege, der Thymianduft:
Diese Berge laden zum Glück ein
Der Blick verweilt, geht weiter in die Ferne:
Ich bemühe mich, die Angst zu verjagen.

Ich weiß, dass alles Schlechte von mir kommt,
Aber das Ich kommt von innen
Unter der klaren Luft ist die Freude
Aber unter der Haut ist die Angst.

Inmitten dieser Landschaft
Aus mittelhohen Bergen
Fasse ich langsam wieder Mut,
Ich erlange die Öffnung des Herzens
Meine Hände sind nicht mehr gefesselt,
Ich fühle mich bereit für das Glück.

Doucement, le ciel bleu clair
Vire au bleu sombre
Et tes yeux sont toujours verts,
Tes yeux sont le miroir du monde.

Je le répète, il y a des moments parfaits. Ce n'est pas simplement la disparition de la vulgarité du monde; pas simplement l'entente silencieuse dans les gestes si simples de l'amour, du ménage et du bain de l'enfant. C'est l'idée que cette entente pourrait être durable; que rien, raisonnablement, ne s'oppose à ce qu'elle soit durable. C'est l'idée qu'un nouvel organisme est né, aux gestes harmonieux et limités; un nouvel organisme dans lequel nous pouvons, dès maintenant, vivre.

La nuit revient, fin de soleil
Sur la pinède inévitable
Et tes yeux sont toujours pareils,
La journée est complète et stable.

Sacht tönt sich der hellblaue Himmel
Dunkelblau
Und deine Augen sind stets grün,
Deine Augen sind der Spiegel der Welt.

Ich sage es noch einmal, es gibt vollkommene Augenblicke. Nicht nur einfach, dass die Vulgarität der Welt verschwindet; nicht nur einfach schweigendes Einverständnis in den so schlichten Bewegungen bei der Liebe, im Haushalt und beim Baden des Kindes. Sondern die Vorstellung, dieses Einverständnis könnte von Dauer sein; dass nichts, vernünftig angenommen, sich dieser Dauer entgegenstellt. Die Vorstellung, ein neuer Organismus wäre geboren, mit harmonischen, umgrenzten Gesten; ein neuer Organismus, in dem wir leben könnten, schon jetzt.

Die Nacht kehrt wieder, letzte Sonne
Auf dem unvermeidlichen Kiefernwald
Und deine Augen sind immer gleich
Der Tag ist vollendet, unveränderlich.

I